## Otros libros de Randy Jurado Ertll

*Hope in Times of Darkness: A Salvadoran American Experience*

*Esperanza en Tiempos de Oscuridad: La Experiencia de un Salvadoreño Americano*

*The Life of an Activist: In The Frontlines 24/7*

*In The Struggle: Chronicles*

*The Lives and Times of El Cipitío*

*La Vida y los Tiempos del Cipitío*

*The Adventures of El Cipitío*

*Las aventuras del Cipitío*

# LA SIGUANABA

### Y

# EL LOROCO MÁGICO

una novela de

## Randy Jurado Ertll

Edición de la traducción en español: Palabra Abierta Ediciones

Ilustración de la portada por Shirley Alonso

Publicado en los Estados Unidos de América por ERTLL PUBLISHERS.
WWW.RANDYJURADOERTLL.COM

ISBN 978-1-7342708-7-7 (pbk.)
ISBN 978-1-7342708-8-4 (ebk.)

Primera edición 2020

Impreso en Los Estados Unidos de América

1 2 3 4 5 6 7 8 9 10

# LA SIGUANABA

### Y

## EL LOROCO MÁGICO

# *CAPÍTULO 1*

"Estos hijos de puta van a pagar", dijo la Siguanaba. Ella ya no era una mojada de El Salvador, no. Ahora tenía billetes. Puros dólares para comprar cualquier cosa que quisiera. Era la empresaria latina más rica en las áreas de Virginia, Maryland, Distrito de Columbia D.C. y otros estados. Tenía mansiones en todo Estados Unidos y vivía a tiempo parcial en Los Ángeles. También le encantaba escuchar a N.W.A, Tupac Shakur y Notorious B.I.G.

Ella era una vergona (una mujer espléndida y majestuosa) en los Estados Unidos, la Reina Ovario. La Siguanaba decía a sus amigos: "Hay que tener ovarios, hijos de la gran puta".

Durante el día, esta mujer magnífica era una verdadera belleza, pero por la noche, cuando se enfurecía, mostraba sus colores y rasgos horribles. Su cabello se volvía tan largo como si fueran hilachas, sus uñas crecían inmensamente afiladas, sus tetas se expandían tremendamente. No obstante, ella luchaba siempre contra sus demonios internos, y se controlaba, por lo que había logrado un éxito insólito en los Estados Unidos. Esta mujer increíble había logrado el Sueño Americano.

La Siguanaba era la chingona. Ya nadie podía joder con ella, si ella no lo decidía. Y su negocio de lavandería estaba obteniendo ganancias de cientos de millones por año. En realidad, eran miles de millones de dólares si agregabas todas sus riquezas en propiedades. Había sellado contratos con el Pentágono, para lavar, doblar y presionar cada uniforme del Ejército, la Armada, la Infantería de Marina y la Fuerza Aérea. Estaba tan ligada al Pentágono que invitaba a los generales a comer nuégados con miel y chilate. Incluso se había cogido a Donald Trump, hasta el punto de que lo dejó todo fregado y baboso. Ella comentaba a sus comadres: "Ese dundo (supertonto) tiene un pene chiquito, como una banana de las pequeñitas. Nada de guineo majoncho, sino platanito bien diminuto". Y, por otra parte, La Siguanaba no queria que supieran sobre el romance con Melania Trump, y la cancion favorita secreta que la relacionaba con la primera dama, esa que se llama "Love of my Life", de Queen.

La Siguanaba solo compraba los mejores perfumes y vestidos de seda, los zapatos italianos importados y el queso de Wisconsin. Durante sus fiestas de té, ella les decía a sus invitados "Yo solo ordeno queso de Wisconsin. Porque ese queso duro del Mercado Central huele a pura pata chuca".

Las demás señoras adineradas le decían: "No jodás vos, ese queso lo comprás en el Mercado Cuartel", y se echaban tantas carcajadas que hasta se le iban los pedos.

Después de comer pupusas con café, en el restaurante Los Molcajetes, y fumar marihuana por su artritis, la Siguanaba comenzaba a alucinar y recordar a su maldito enemigo malvado: el Cadejo. Ese cabrón había intentado acabar con la Siguanaba.

Actualmente, esta mujer superviviente leía *Cómo ganar amigos e influir en las personas*, de Dale Carnegie, y veía repeticiones de los sermones evangélicos cristianos de Billy Graham. Quería ver si podía perdonar y conquistar a sus enemigos. Pensó entonces que si un líder de culto, y también asesino en serie como Charles Manson, leía el libro de Dale Carnegie, esto podía decir que el libro era muy bueno. Por eso llegó a creer que lograría perdonar a sus enemigos leyendo literatura de autoayuda, aun cuando detestaba al Cadejo con fuerza.

Ese imbécil del Cadejo todavía persistía en sus pensamientos, y por ello leía tantos libros como fuera posible para olvidar su pasado fragmentado y roto. Le encantaba leer libros de Donald Goines y IceBerg Slim. Su libro favorito era *Pimp*. Contaba con todo el dinero del mundo, pero aún le dolía el corazón debido a las brutalidades que había sufrido.

Por otra parte, la Siguanaba ya no hablaba con sus dos hijos, que eran el Cipitío y el Duende. Todavía ambos le molestaban sus pensamientos, especialmente el Cipitío, ya que ella le había ahogado en la quebrada porque solo había llegado a tres pies de altura, con la barriga y la piel oscura y, en realidad, era un pequeño hijo de puta, nacido con los pies hacia atrás.

Ella venia a ser su propia mujer y no necesitaba mas problemas por tener que ayudar a hombres necesitados. A estos tipos de hombres, en veces, les daba su apoyo, pero también podía destruirles si quería. Por eso les gritaba: "¡Les traje a este mundo, y puedo quitarles la vida, hijos de la gran puta!".

# CAPÍTULO 2

Su gran némesis (o rival) fue El Maje —ese típico tonto, falta de entendimiento— conocido como el Cadejo. Aquel hijo de puta podía adoptar cualquier forma física, pero su verdadera apariencia figuraba a la de un lobo o a la de un perro que podía aparecer a modo de una imagen blanca o negra. Sus ojos venían a reflejar un color rojo brillante, como si el fuego estuviera en ellos, como si fueran dos mismísimos pozos del infierno. Podía aullar y silbar. Podía hipnotizar a su presa. Tenía una fuerza extraordinaria y era parte de los muertos vivientes, porque en verdad heredó la vida eterna del Príncipe de las Tinieblas. Ha existido así por muchos siglos. Se rumoreaba que Satanás resultaba ser el verdadero dueño y creador del Cadejo. Su padre se veía como un mero diablo. Por eso, no es de extrañar que fuera intensamente malvado y poderoso.

Sin embargo, el Cadejo tenía un lado suave y podía ser amable a veces. Pero esto era muy raro. Cada vez que alguien susurraba el nombre del Cadejo, la Siguanaba le escuchaba y le sentía (se acordaba mucho de ese tipejo), y entonces volaba, y se revolvía en el mismísimo aire, en un estado de ira. No obstante, ella hacía lo que estaba en su poder para controlar su lado satánico y su aspecto diabólico (el de ella). En este sentido, quería seguir siendo la señora hermosa y bien modelada, como una escultura, para que los hombres salivaran como perros cuando la vieran. Puros perros calientes. De aquí que ella sabía que los hombres pensaban con sus palomas y no con su cerebro. Por esta razón sabía que podía obtener lo que quisiera de ellos. Hablaba con ellos, con su corazón, y usaba calzones rojos, con pantalones blancos y faldas ajustadas, cuando quería seducirlos. La Siguanaba misma se burlaba: "Estos cipotes cerotes cagados, ni me pueden satisfacer bien".

Se cansó tanto de los penes que comenzó a explorar las vaginas. También empezó a contratar los culos más grandes para limpiar sus mansiones. Fantaseaba como Arnold Schwarzenegger, en relación con aprovecharse de la ayuda de las sirvientes. Pensó que, si los hombres se aprovechaban de esas muchachas que trabajaban en sus casas; es decir, esas sirvientes que les gustaban tanto a los hombres en El Salvador, Guatemala, Nicaragua, Honduras y México, ella podría hacer lo mismo en los Estados Unidos.

La Siguanaba comenzó a seducir a otras mujeres comprándoles lujosos regalos; sabía cómo hacerse la romántica, y así lo llevó a cabo en su próxima gran conquista, puesto que era bisexual. Uno de sus mayores secretos mejor guardado fue la conquista que hizo de Melania Trump. Esto sucedió después de haber conocido y jodido a Donald en la pequeña isla de Jeffrey Epstein. Trump le dijo a Epstein:

Esa perra sacudió mi mundo cien veces más que Stormy Daniels. Ese perfume *nance* (para afeminados) ¡Uf!, me volvió loco. Quiero más de ese perfume de nances con loroco, dijo.

El tonto estaba enculado. Había conocido a otras mujeres que eran sirvientas en sus hoteles y *resorts*, y que le habían dado una libra de auténtico queso duro salvadoreño, como regalo por no informar al ICE (Inmigration and Customs Enforcement). Ellas no querían regresar ni ser deportados a su región natal, ya que en esos países siguen siendo irrespetadas y explotadas a todos los niveles.

Se sabe que muchos hombres en El Salvador se aprovechan de las criadas o sirvientes. Las llaman de manera despectiva la "muchacha" o la "servidumbre". Los derechos humanos y los derechos civiles no existen para la clase trabajadora en El Salvador ni en toda Centroamérica ni México. No importa lo que diga López Obrador, los indígenas todavía son tratados como ciudadanos de segunda clase en México.

Por su parte, el Cipitío y el Duende pensaron que habían erradicado con éxito al Cadejo. Estaban equivocados. El Cadejo continuó vagando por Centroamérica, por México, Estados Unidos y otras partes del mundo. El alma del Cadejo había vuelto imbuida de venganza. Ese hijo de puta nunca podía morir. Como siempre decía, cuando tomaba metanfetamina y *crack:* "Nunca morimos, simplemente nos multiplicamos". Le encantaba citar *American Me*, la película, diciendo: "Somos pocos, pero locos".

Ese hijo de puta fue hervido en agua bendita a través de una sopa de patas. Sin embargo, un pedazo de su oreja, el lóbulo de la oreja, fue olvidado, y a través de los genes inmortales de ese pequeño pedazo de oreja, volvió a la vida. Quería venganza como la Siguanaba. Odiaba a sus dos hijos: el Cipitío y el Duende, quienes organizaron el golpe contra él. Y cuando se acordaba de ellos, se decía a sí mismo: "Esos hijos de la gran puta me las van a pagar. Malditos". Con este ánimo, ponia las mejores canciones de Iron Maiden, para relajarse, mientras fumaba la pipa de *crack*. Asimismo, cuando realmente quería sentirse mafioso, imitaba a YG y usaba una camisa roja, un gorro rojo, tenis de Nikes rojos y ropa interior roja. Se subia a su carro rojo de marca *El Camino* y cantaba: "Who Do You Love? ¿A quién amas?".

Para seguir engañando a la gente, al Cadejo se le ocurrió un plan ingenioso: asumió la apariencia física y la personalidad de un mafioso ruso. Ese zonzo engendro aprendió ruso en pocos días a través de los videos de *Rosetta Stone*.

Incluso se mudó a Moscú para administrar las empresas comerciales ilícitas de Vladimir Putin y los esquemas bancarios de lavado de dinero en todo el mundo. Asumió el apodo de "The Bitch". Desarrolló una comprensión profunda de la historia y la cultura rusa para lo que buscó ser encarcelado en un gulag. Aquellos en los que Joseph Stalin colocaría a todos sus enemigos. Se convirtió así en el líder de los prisioneros políticos y de los criminales endurecidos del gulag en el que estaba. El Cadejo incluso se infiltró en la NKVD, la policía secreta rusa. Quería sumergirse en los detalles del inframundo soviético. Así, el apodo del Cadejo se hizo conocido como el "Zek" o, a veces, "Semion". y estaba muy orgulloso de esa mierda. El hijo de puta era tan astuto que lograba adoptar cualquier aspecto que quisiera. Para más, el Cadejo tenía poderes de teletransportación y podía viajar en el tiempo. El Cipitío heredó estos rasgos sobrenaturales del Cadejo.

Esta malévola criatura (el Cadejo) podía ser blanco, negro o de cualquier color que quisiera, y como ya dije se transformaba en cualquier otro ser. En otro sentido, circulaba el rumor de que, desde hacía siglos, había nacido en el castillo de un pequeño pueblo de Rusia. Pero los aldeanos lo mantenían en silencio, ya que no deseaban que el demonio malvado regresara. No obstante, el Cadejo deambulaba por los bosques de Siberia dónde atacaba y se comía a los humanos que andaban por aquellos lugares.

Con el tiempo, los rusos se contentaron con que este monstruo hubiera emigrado a Hungría, donde el Cadejo se convirtió en el conde Drácula, aun cuando la verdadera historia del vampiro diga otra cosa. También el Cadejo vivió en España y luego, por algún extraño asunto, se fue huyendo al Caribe y finalmente apareció en El Salvador. ¿Entonces, de dónde crees que Bram Stoker obtuvo la idea de Drácula? De la región de Moldavia y Transilvania (que constituía en aquel entonces el reino de Rumanía y Hungria), Stoker sacó la leyenda folclórica de esos países con respecto al conde Drácula. De hecho, escribió y publicó su novela en 1897, pero el exotismo de ese vampiro ya había circulado durante siglos.

El Cadejo aprendió a infiltrarse y chantajear a la gente cuando estudió, analizó y copió la amplia experiencia de Putin en la KGB. Aprendió así que había que inventar un ataque constante de un enemigo; o sea, el hecho de que siempre había que tener un enemigo, para que esto le ayudara a hacerle sentir a la gente el nacionalismo, lo que no era otra cosa que una excusa para atacar a un gobierno extranjero.

Plantar bombas se convirtió en uno de sus atributos. Si un pequeño país comenzaba a hablar de independencia o de separarse de las garras de Rusia, de repente eran acusados de terroristas y el martillo ruso les caía con fuerza. Estuvieron oprimidos por Stalin, Lenin y el presidente Mao en China. Putin era el hombre fuerte de hoy en día, con miles de millones de dólares y tecnología que avergonzaría a Estados Unidos. ¿Cómo diablos crees que Hillary Clinton perdió las elecciones ante Donald Trump? Pues por la infiltración que hicieron los rusos en las redes sociales y los mensajes por láser dirigidos a los oídos de las gentes. A Mark Zuckerberg le valio verga con solo que le pagaran por los ads.

Los rusos son expertos en crear rumores y ello funcionó contra Hillary Clinton. De manera irónica, su mayor talón de Aquiles no era otro que el socialista Bernie

Sanders, que se parece al Sr. Furley, del exitoso programa de televisión *Three's Company*, pero que no es tonto. Porque asumió el Partido Demócrata como un socialista-independiente, y se convirtió en uno de los principales candidatos para la presidencia de los Estados Unidos.

Sanders vivió una vez como padre soltero en Vermont, sin agua corriente ni electricidad en un modesto hogar. Pero ahora es un multimillonario y un verdadero contendiente presidencial. Está cabrón ese viejito. Ganaría si uniera fuerzas con la senadora Elizabeth Warren o otra mujer carismática y poderosa. El boleto Sanders-Warren se convertiría automáticamente en el dúo dinámico de la política. Por su parte, los rusos se entrometieron en las elecciones al comprar millones de dólares en publicidad y *marketing* a través de Facebook, Twitter, Instagram y otras plataformas de redes sociales. Su mensaje fue magistral y los votantes de todo Estados Unidos les creyeron.

El Zek, originalmente conocido como El Cadejo, usaba relojes elegantes, cadenas de oro, bebía café en exceso y conducía un Mercedes Benz de primera línea. Su café favorito era el turco y también el armenio.

El Cadejo era tan jodidamente malvado que fue contratado por el imperio otomano (Turquía) de 1915 a 1920s como consultor clave para ayudar en el desarrollo e implementación del Genocidio Armenio. Recibió el visto bueno del Comité de Unión y Progreso (Ittihad ve Terakki Jemiyeti), conocido como los Jóvenes Turcos. Además, el Cadejo bebería vodka y festejaría con Mehmet Talaat (ministro del Interior), Grand Vizir (primer ministro), Ismail Enver (ministro de Guerra) y Ahmed Jemal (ministro del Gobierno de la Marina y el Ejército de Siria). Con toda esta anuencia, recibió el contrato para dirigir la Organización Especial (Teshkilati Mahsusa), y exterminar despiadadamente a la población armenia. Más de 1.5

millones de armenios fueron asesinados de 1915 a 1918. Y el Cadejo fue apodado "rata" por los turcos, ya que no tenía moral ni escrúpulos, aun cuando se hizo llamar oficialmente Behaeddin Shakir, y adoptó el cargo de un supuesto médico. Exigió que le llamaran "The Doctor", ya que eso le hacía sentir muy importante. Y estaba orgulloso de sus servicios de consultoría experta en limpieza étnica. Para evitar el enjuiciamiento de los crímenes de lesa humanidad de la Primera Guerra Mundial, el Cadejo huyó a España, donde también se convirtió en un asesor cercano del dictador Franco. El Cadejo aprendió, entre tanto, muchos trucos represivos del tirano español y además se desempeñó como asesor cercano del general Martínez en El Salvador, que tenía fuertes simpatías por Franco y por los nazis. El Cadejo era un escurridizo hijo de puta, un malvado que podía enfrentarse a varios individuos. Incluso, podía apoderarse del cuerpo de otra persona.

En los días modernos, el Cadejo se convirtió en el principal asesor del presidente Donald Trump. Y fue cuando le dijo al mandatario: "Puedo obtener cualquier mierda que quieras de los rusos: vodka, corbatas de seda, submarinos, Mercedes Benz con un descuento del 50%". De aquí que Trump simplemente le expresara: "Fantástico, fabuloso". El Cadejo también prometió ser el mejor infiltrador en los movimientos progresistas, y le explicó cómo los demócratas querían unirse bajo un estandarte común y de esta manera oponerse a el (a Trump) y sacarlo de la presidencia atravez de un *impeachment*, pero los pensamientos del Cadejo que les transmitió al presidente estadounidense fueron de "joder a esos hijos de puta, darles muchas botellas de vodka y una subvención de millones de dólares y estarán felices como perdices", dijo. Esa mierda de juicio político (eso del *impeachment)* no irá a ninguna parte y lo que hará en realidad será fortalecer la base de los partidarios de Trump". Bueno, en fin, es una posibilidad, como también pueda ser que no logren nada y Trump salga reelecto.

El Cadejo quedó intrigado por los socialistas Bernie Sanders, Elizabeth Warren y Alexandria Ocasio-Cortez. Particularmente le gustaba Ocasio-Cortez, ya que ella sabía bailar, y le recordaba a Sarah Palin, pero de ideología contraria. Asimismo, el Zek sabía que el senador John McCain había elegido a la Palin como su compañera de fórmula, porque la encontraba atractiva y estaba secretamente enamorado de Palin.

# CAPÍTULO 3

En lo que respecta a la Siguanaba (nuestra protagonista principal), esta estaba inquieta; cansada de coger cualquier cosa y a quien quisiera. Por eso, actuó como Freddie Mercury, George Michael y Elton John. Y hasta decidió convertirse, más o menos, en Bill Clinton, cuando este estaba en su mejor momento. Porque ella podía hacerlo: cambiar de género y personalidad. Entonces, comenzó a imaginarse a sí misma como la primera papisa guanaca de la Iglesia católica romana. Pensó: "Ya tengo miles de millones de dólares y los hombres harán cualquier cosa que les ordene. Si desarrollo una estrategia para convertirme en la primera mujer papisa católica, podré cocinar pupusas suculentas en el Vaticano". La Siguanaba quería que los visitantes olieran flores de loroco. Solo ingredientes orgánicos. Con tierra natal.

Por otra parte, le encantaba la arquitectura y la ingeniería del Vaticano. Fue influenciada por los hermosos diseños de Frank Lloyd Wright, especialmente por sus logros arquitectónicos mayas. La Siguanaba tuvo que desarrollar una estrategia ganadora, por lo que pensó que tenía que pelear "loco contra más loco". Tendría que volver a su actitud de colonia. La actitud del gueto en el D.C. Buscaba demostrar que poseía credenciales de *ghetto*. Era una chola encubierta, pero al mismo tiempo, una verdadera persona del pueblo, del barrio. Al igual que la Jennie Rivera —de Playa Larga (Long Beach - The LBC) y Cardi B del Bronx, Nueva York.

La Siguanaba quería ser elegante, pero venía de un mundo mórbido y oscuro. Ella mantuvo un secreto profundo que nadie podía saber. Había sido secuestrada cuando niña y vendida en el negocio del tráfico sexual. Un coyote pudo convencer a su madre y a su padre de que la dejaran ir con él a los Estados Unidos. No obstante, fue una artimaña, una trampa. El coyote era un traficante de esclavas sexuales y este iba a los pequeños pueblos de América Central para reclutar y secuestrar a niños pequeños, y luego venderles a las pandillas de los países centroamericanos y a los cárteles mexicanos. Este era uno de los secretos grandes y dolorosos de esta mujer, que aparentaba ser mítica, pero que en realidad —independientemente de sus poderes— era de carne y hueso, y representaba a muchas mujeres de El Salvador y Centroamérica. La Siguanaba mantuvo tan oculto aquel secreto en su subconsciente que ella misma llegó a creer que esa desgracia nunca le había pasado; sin embargo, no podía evitar sentir aquello como si fuera una pesadilla que había sufrido.

La Siguanaba había pasado por experiencias indescriptibles en El Salvador, donde las mujeres no son respetadas sino explotadas. Ella perdió el contacto con sus hijos gemelos, el Cipitío y el Duende, quienes la odiaban y la molestaban. Sus dos hijos no entendían ni sabían por lo que ella había pasado en su pequeño, nativo y cruel país. "Es uno de los países más violento y peligroso del mundo para mujeres y niños," dicen las estadísticas en determinadas épocas. Por esta razón, el presidente Nayib Bukele ha adoptado un enfoque proactivo para disminuir la violencia y ofrecer seguridad a la ciudadanía salvadoreña. Ese palestino esta pesado y tiene pisto propio —así que no tiene que *hueviarle* al pueblo. Tiene huevos de elefante.

Miles de niñas y niños eligen suicidarse en lugar de

ser violados, torturados o asesinados por las pandillas de asesinos. Muchas niñas que quedan embarazadas, debido a las violaciones, finalmente eligen suicidarse. Esto enfurecía a la Siguanaba, que creía en el aborto. Ella sentía que las mujeres debían tener una opción y no ser criminalizadas por elegir abortar. Y todavía muchas personas en los Estados Unidos continúan fingiendo que no comprenden ni entienden por qué decenas de miles de niños intentan emigrar a Norteamérica.

El zonzo de Trump se refirió a los países centroamericanos como "países de mierda", y a él realmente no le importa ni comprende por qué decenas de miles de estas criaturas, literalmente, caminan y corren a México, Estados Unidos y Canadá, para salvar sus vidas. Es lastimoso que las personas huyan de sus países de origen porque estos son inhabitables; escapan para sobrevivir y algunos casos no tiene comida y agua. Esto es una triste realidad en ciertos pueblos de Guatemala.

Muchos de estos países están pasando por un tremendo cambio climático y el agua potable ya no está disponible en sus pequeñas aldeas. Afortunadamente, muchas iglesias ayudan a los inmigrantes y los tratan como refugiados; también denuncian a los centros de detención donde recluyen a los niños. ¡Los centros de detención están ubicados en desiertos y otras áreas desoladas donde se les conoce como "cajas de hielo, hieleras, congeladores o refrigeradores!", ya que son muy fríos y se hacen ¡inhabitables! Lo otro es que Trump sabe que López Obrador hará lo que él le ordene, porque tienen archivos secretos sobre sus indiscreciones (las de AMLO). Trump dijo que "puede ser de izquierda, pero el *dollar* manda, ¡y deportará a los centroamericanos! Para seguir obteniendo ayuda monetaria de Estados Unidos."

# CAPÍTULO 4

La Siguanaba fue una vez la reina de su pequeño pueblo. Cuando los espíritus demoníacos se apoderaban de su cuerpo, ella se transformaba en una mujer terrible y violenta. Así se vengaba y castigaba a los alcohólicos, a los mujeriegos y a los que abusaban de las esposas. Era peor que Griselda Blanco Restrepo, la colombiana conocida como la madrina de la cocaína y jefa de Pablo Escobar. Por otra parte, cuando La Siguanaba estaba tranquila y en paz con todo el mundo, mantenía entonces ese lado demoníaco de sí misma quieto y escondido. Algunos dicen que, por las noches, su rostro adoptaba la apariencia de la cara de un caballo. Y de esa manera recorría los pueblos de El Salvador, Guatemala, Honduras, Costa Rica, República Dominicana, Nicaragua e incluso el sur de México. En su historia ha sido conocida como Cigua en Honduras, Cegua en Costa Rica y Ciguapa en la República Dominicana.

Había días en que parecía ser una mujer exótica, bella y muy cuidada. Cuando se enfurecía, adoptaba una apariencia diabólica. A propósito, con esa malvada apariencia, torturaba a los hombres; lloraba y reía hasta el punto de que los humanos no resistían escucharla ni verla. Algunos se volvían ciegos, sordos o simplemente terminaban enloqueciendo. Así, ella se apoderaba de sus almas. Aquellos seres caminaban por los pueblos, y ciudades murmurando tonterías y compartiendo sus horribles experiencias con la Siguanaba. Eran como zombis maltrechos, más muertos que vivos.

La Siguanaba, muchas veces, se desnudaba a la orilla de los ríos, y hacía el paripé de que lavaba su ropa interior. Entonces, con su belleza seducía a cualquier hombre que andaba por allí. Una vez que este se ponía caliente, ella le hipnotizaba para en un momento después descubrir su otra identidad (la de ella). Era entonces que se transformaba en algo horrible. Eso lo llevaba a cabo con todos los que se encontraba en cualquier arroyo en que estuviera. Jugaba y se divertía con esos hombres y los dejaba a todos dundos, babosos o locos. Quedaban como embobados. Y eso ella lo sentía como una dulce venganza. A veces, simplemente, disfrutaba asfixiándolos hasta la muerte. Realmente, venía a ser una mujer sádica, con un bien formado instinto asesino.

En los Estados Unidos, la Siguanaba había logrado convertirse en multimillonaria. Pero, como sucedía con muchos ricos, esta mujer se hubo de perder en el camino, al igual que su artista favorito, Boy George, un famoso cantante de los 80 en el Culture Club, que descendió a la droga y al alcohol, aun cuando finalmente este comenzó a recuperarse. Estaba orgulloso de ser gay y era un tipo extravagante.

También, ella admiraba mucho a Freddie Mercury y David Bowie por ser excéntricos y por creer que sus talentos artísticos y musicales les habían sido otorgados por Dios. Le encantaba cantar las canciones de "Heroes", de David Bowie, y "Don't Stop me Now", de Mercury.

Cuando se sentía abatida y sola, escuchaba la canción "Time", de Boy George, y se vestía toda de blanco, mientras bebía vino tinto. A veces incluso se vestía como Boy George. El vino la llevaba de vuelta a esos recuerdos terribles. Una vez que se tomaba una tercera copa de vino, comenzaba a escuchar "Como han pasado los años", por Rocio Durcal o "Por ella" de Julio Iglesias. En verdad, ella era una romántica por naturaleza.

La Siguanaba recordaba muchas veces cómo El Cadejo la había seducido y engañado. El hijo de puta se había hecho el líder de una red de contrabando humano (trata de mujeres). Este tipo se había criado en una casa de putas, y su madre era la mera-mera del círculo de prostitución. De modo que así aprendió a faltarle el respeto a las mujeres: no tenía decencia alguna. Simplemente veía a las mujeres como objetos sexuales. Comenzó a tener experiencias porno desde que era niño, ya que las burdeleras lo usaban como juguete. Las putas del prostíbulo le llamaban "mi niño lindo" y el "Cipotillo vergudo", mientras escuchaban canciones de amor de Camilo Sesto, Julio Iglesias, José José, Roberto Carlos y le enseñaban al Cadejo a coger. Él era la máquina sexual de aquellas mujeres. Cuando se portaba mal, le daban unas buenas pijiadas (o palizas) y se veía obligado a lamber y comerse la sal de sus espaldas y colillas/culo. De muchas maneras le deshumanizaron, tal como los proxenetas y los traficantes de sexo las habían deshumanizado a ellas.

La Siguanaba fue atraída a esa red de mentiras y trucos de los proxenetas que practicaba el mismo Cadejo. Este la sedujo e incluso se casó con ella. La preñó de los ya conocidos gemelos medio malvados: el Cipitío y el Duende. Hizo que la Siguanaba se volviera loca hasta el punto de ahogar a una de sus crías: el Cipitío. Sin embargo, eligió no ahogar al Duende, ya que le pudo esconder entre sus senos. Si aceptó matar al Cipitío, fue porque no le gustaba el hecho de que era de piel oscura, tenía una barriga grande y nació con los pies hacia atrás. No obstante, de este parto no fue diagnosticada con depresión posparto, sino que fue etiquetada como una loca. La gente le cantaba en las calles, casi a gritos, "y los chicos del barrio le llamaban loca", sacado de una canción pop que fue muy popular en la década de 1990.

Su rabia la convertiría de una mujer hermosa, voluptuosa, en un demonio de aspecto malvado y repugnante, con cabello largo y desagradable, tetas arrastradas por el suelo y uñas puntiagudas y afiladas que servían de cuchillas de afeitar. Cortaría a hombres infieles que deambulaban por los caminos del campo a altas horas de la noche. Ella aullaba y lloraba al tope de sus pulmones. Hasta el punto de hacer que los hombres se desquiciaran. A veces usaba o llevaba un peine dorado, un peine de oro. Particularmente le gustaba cortar el pene de los hombres abusadores con sus uñas de navaja. Luego horneaba los penes y los convertía en morongas que vendía en mercados y mesones locales. A las personas les gustaban, especialmente los que eran gruesos, jugosos y llenos de sangre. Pensaban que estaban comiendo carne de cerdo, pero en realidad lo que comían era carne de palomas humanas. La Siguanaba se desmorecía de risa cuando otros tontos se comían las morongas mientras la música de la "Chanchona" sonaba de fondo. A los borrachos les encantaba escuchar a Los Temerarios, mientras comían moronga. Los tontos seguían pidiendo más Pilsener, Regias y Golden para hacer que la sangre de las morcillas fuera más sabrosa con el alcohol de esas cervezas. Una vez que devoraran las morongas, ordenaban cocteles de conchas. En completa borrachera, gritaban: "¡Qué viva la Selecta!". Aunque rara vez ganaran algún partido de fútbol.

El Cadejo había sacado lo peor de los demonios y los seres humanos. Era realmente un proxeneta de baja calaña. Había seducido a miles de jóvenes campesinas, atrayéndolas con trucos románticos. Les susurraba a los oídos: "Eres muy hermosa, como una flor de primavera".

A este engendro le encantaba hablar dulcemente. Las reclutaba prometiéndoles trabajo y convertirlas en modelo. Las llevaba a Guatemala, Honduras, Belice, Nicaragua, México e incluso a los Estados Unidos. Cuando menos lo esperaban, él las vendía a los cárteles y traficantes de personas por cinco mil dólares cada una. Etiquetaba sus cuerpos con la impronta de su tatuaje malvado: CADEJO, con una pata de lobo, como su marca registrada. Ese pedazo de mierda trataba a las mujeres como si fueran animales. Asimismo, este tipejo estaba orgulloso de su número de prisión tatuado, A4242, lo que decía era una insignia de honor, y a menudo se lo mostraba a las mujeres. Cuando conocía a gringos, le mostraba su tatuaje de un shamrock con swastika, y con el trademark *666*. Tenia tatuado el *666* en su pene.

La Siguanaba eventualmente le daría una lección al Cadejo y al mundo; es decir, les demostraría a todos que podría convertirse en la primera mujer papisa del Vaticano. Para ello, tuvo que hacer un trato con el mismísimo diablo que era ese Cadejo, porque este ya había asumido el papel del "Zek". Pero lo cierto venía a ser que todo respondía a un plan para ella poder descubrir cómo destruir de una vez por todas al engendro desgraciado y demoniaco. El Papa en el Vaticano era el único que tenía el ritual de la fórmula secreta (el exorcismo) para destruir al malvado Cadejo, eliminar por completo los poderes sobrenaturales y satánicos de esta criatura infernal. En definitiva, usaría a la Iglesia para obtener lo que quería y luego se desharía del Cadejo, como si fuera una bolsa de basura.

Por esta razón, no podía prescindir del apoyo de la Iglesia católica. Una vez que la Siguanaba se convirtiera en la Papisa, ya no necesitaría más al Cadejo. Su plan final era asesinarlo de alguna manera. Entonces, recordaba una frase que le encantaba y que decía: "La venganza es un plato que se sirve frío." Y como sabía que tarde o temprano el Cadejo se volvería contra ella y trataría de matarla. Por eso, la Siguanaba no tenía más remedio que adelantarse y asesinarle.

# CAPÍTULO 5

Finalmente, El Zek fue deportado de Rusia y recorrió muchos otros países antes de establecerse en una nueva ciudad llamada Armenia, en Sonsonate, El Salvador. Tenía un ingenioso plan de negocios en mente. Producir y vender pasaportes falsos de ciudadanía salvadoreña a más de 20 mil armenios, rusos y gente del Medio Oriente, para que todos pudieran mudarse a El Salvador.

Todos se mezclaron perfectamente con la cultura de Guanaco e incluso adoptaron el término "turcos", a pesar de que la mayoría no eran turcos, sino descendientes de gentes del Medio Oriente. Aprendieron a hacer pupusas, entraron en el comercio de ropa, procesamiento de sal, maquilas y se hicieron concesionarios de automóviles y motocicletas.

Se convirtieron en millonarios instantáneos, ya que los guanacos salvadoreños eran grandes trabajadores, que podían ser fácilmente explotados, porque los españoles les habían colonizado y les habían enseñado a aceptar la opresión y la explotación impuesta por los extranjeros. Les enseñaron a amar cualquier cosa que viniera de afuera del país y a denigrar y explotar a su propia gente para complacer a los extranjeros. Parecía ser algo similar al proceso de colonización de los filipinos, a quienes se les había enseñado a amar a sus opresores y a estar siempre agradecidos de obtener un trabajo dado por el explotador.

Incluso aprendieron a admirar y amar al presidente Duterte, aun cuando este había ordenado el asesinato de sus hijos e hijas drogadictos. Comenzaron a interiorizar la violencia como método para encontrar soluciones. Similar a cómo los salvadoreños también aprendieron a incorporar la violencia como un hecho cotidiano. La paliza de sus hijos e hijas se percibía como normal, pero en realidad no hay nada normal en las palizas, la tortura y los insultos constantes. Algunos niños comenzaron a creer que sus nombres eran "hijo de la gran puta, maldito, culero, bastardo y pendejo". A veces los niños sentían una sensación de vacío si su madre o padre no les llamaban con alguna de estas palabras degradantes. Pensaban que era amor. Después de las golpizas, los perpetradores decían a los niños: "Si se portan bien, no les pegaré con la cuerda eléctrica y el lazo mojado". Los padres actuaban como los dueños de esclavos que amaban la tortura. La Siguanaba le diría a sus compañeros y compañeras: "Si quieres ver de qué se trata realmente la esclavitud, mira la película *Doce años como esclavo*. Esa mierda es real". Los nombres, idiomas y tradiciones originales fueron quitados de los seres humanos secuestrados de África, como dice Bob Marley en su canción "Buffalo Soldier":

> *Buffalo Soldier, rasta rastas*
> *Había un soldado búfalo*
> *En el corazón de América*
> *Robado de África, traído a América*
> *Luchando a la llegada, luchando por la supervivencia ...*
> *Si conoces tu historia*
> *Entonces sabes de dónde vienes*
> *Entonces no tienes que preguntarme*
> *¿Quién diablos crees que soy?*

La Siguanaba le dijo alguna vez a los que la seguían: "Hasta el día de hoy, las tierras y propiedades de las comunidades negras en todo Estados Unidos continúan siendo robadas por fraude. Las reparaciones para los descendientes de esclavos es un problema real que debe abordarse y remediarse. ¡Cuando me convierta en la Papisa, buscaré ayudar a esa gente estafada!

En El Salvador, muchos de los sueños de las hijas era casarse con un extranjero, obtener un apellido que sonara extranjero. Los colonizadores también enseñaron la envidia como un hecho cotidiano. No podían soportar a otro guanaco triunfando o haciendo el bien. Si algunos guanacos no aceptaban una mentalidad de "envidia o de corrupción", si se resistían, entonces eran torturados y asesinados. El Zek sabía que la estrategia de dividir y conquistar generalmente funcionaba para mantener a las personas colonizadas. Desafortunadamente, algunos hijos de puta traían en su genética el estigma de ser egoístas e envidiosos. Venía a ser una cuestión de naturaleza. Eran los cabrones más peligrosos y crueles que odiaban a su propia gente. A esos malvados ni siquiera se les pagaba para dañar a las personas. Lo disfrutan y ofrecían sus servicios de forma gratuita. El Zek era el *cholero* de los opresores.

El objetivo final del Zek era preparar, financiar y dirigir "turcos" para convertirlos en presidentes de El Salvador. Los españoles y británicos desarrollaron un manual psicológico para ser implementado en los colonizados. Incluso contrataban esclavos africanos para convertirse en supervisores y controladores de las tierras colonizadas. Si los indígenas se resistían, los supervisores de esclavos negros les daban una paliza. Finalmente, los negros y los indígenas comenzaron a mezclarse, ya que millones de esclavos negros fueron llevados a trabajar las tierras en pueblos costeros del océano Atlántico en toda América Latina. Desembarcaron en el lado este de México,

Belice, Honduras, Nicaragua, Costa Rica, Panamá, Brasil y muchos otros países. ¡Por supuesto, estos países negaban tener raíces africanas, incluso, ¡hasta el día de hoy! la negación es tremenda, y la Siguanaba se decía a sí misma: "Estos cerotes, que se creen europeos, con el pelo todo colocho". ¡Indios babosos!

El Zek (o sea, el Cadejo), entre tantas cosas, se hizo cargo del sistema de distribución de agua en El Salvador y se convirtió en propietario de embalses y pozos. Con el poder ilimitado de la propiedad del agua, estableció una compañía llamada Cervezería el Zek, y también creó Tic Tac como una bebida de vodka diluida. Quería que los nativos se convirtieran en alcohólicos, en adictos, para ser fácilmente controlados y para que las masas fueran sedadas. Así se volvían más dóciles y se les enseñaba a odiar a su propia gente. De esta manera se les entrenaba para cometer innumerables torturas y asesinatos, hasta el punto en que los mestizos se convertían en enemigos de su propia gente. Con estos logros, el Cadejo tomó posesión de ríos y pozos para poder tener acceso ilimitado al agua y convertirla en miles de millones de litros de cerveza y gaseosas que se venderían a los dundos borrachos y adictos al azúcar. También implementó pequeñas empresas en las que se vendían conchas y cerveza a las masas. Era su ingenioso plan para conseguir que la población se volviera adicta a las cervezas Tic Tac y Zek.

El Zek también aseguró todos los contratos con la compañía Coca Cola. Prácticamente tomó los lagos, embalses y fuentes de agua potable para ser desviados y tener acceso ilimitado y así hacer Coca Cola. Muchas de las aldeas quedaron sin agua potable y grandes cantidades de indígenas tuvieron que caminar kilómetros y kilómetros para obtener agua. Si cruzaban las líneas de propiedad de la compañía Coca Cola, los mataban a tiros. El

Zek, incluso, consideró reemplazar el símbolo de la bandera salvadoreña con la imagen de la marca Coca Cola. Con ello, trataría de convencer al liderazgo del Partido Farabundo Martí para la Liberación Nacional (FMLN) de que los colores rojo y blanco de Coca Cola coincidían con los colores de su bandera, y que esto sería perfecto para poder hacer alianzas. El Zek, además, pensó en ofrecer duplicar las contribuciones en dinero que hicieron Brasil y Venezuela a la campaña presidencial de Mauricio Funes. Sabía que la democracia y todas las personas tenían un precio. Mauricio el "Funesto" era codicioso y adoraba el dinero. Para evitar el enjuiciamiento, este corrió a Nicaragua y el presidente Daniel Ortega le otorgó la ciudadanía nicaragüense.

El Zek sabía que tenía que infiltrarse en ese partido político de izquierda de El Salvador, el FMLN, para hacer realidad sus planes tortuosos. Apoyó a candidatos en plataformas populistas, y robó las ideas de otros revolucionarios legendarios. Plagió las ideas y los discursos de Simón Bolívar, Napoleón y Nelson Mandela. El mayor secreto personal y la ambición del Zek era convertirse en presidente de El Salvador. También quería cambiar la constitución salvadoreña para poder ser presidente de El Salvador de por vida. Quería emular a Fidel Castro, Hugo Chávez, Daniel Ortega y Nicolás Maduro de Venezuela. Quería *chefs* privados y *strippers* a su disposición en todo momento, así como que le hicieran una estatua de oro a su imagen y semejanza.

Uno de sus otros secretos fue el de deshacerse del sistema monetario salvadoreño llamado colones, para reemplazarlo por el sistema monetario del dólar. Su objetivo final era llevar a cabo el lavado de dinero con dólares y hacerlo a través del corrupto sistema bancario salvadoreño. De modo que así sería el intermediario de los oligarcas rusos para lavar dinero de la forma que unos y otros quisieran. Solo necesitaba partidos políticos establecidos para llevarlo a cabo, y el FMLN y la Alianza Republicana Nacional (Arena) venían a ser algo perfecto para ello.

Reclutó y dirigió a Francisco Flores y a Tony Saca, por parte de Arena. Luego, reclutó al hombre elegido por el FMLN, Mauricio Funes, para postularse a la presidencia. Él sabía "que a estos tipos les valía verga el pueblo." Mientras la población era extorsionada, torturada y asesinada por los delincuentes, los líderes del partido disfrutaban conchas, langostas y cervezas en la playa y realizaban viajes pagados por el Gobierno a Disney World, en Florida, y efectuaban una salvajada de gastos en sus juergas de Beverly Hills y pagos para cirugias plásticas para sus amantes. También les encantaba realizar tratos bancarios con Panamá y Costa Rica. Panamá resultaba ser un refugio perfecto para transacciones bancarias ilegales. De hecho, al Cadejo le encantaba cómo algunos de los llamados líderes izquierdistas adoptaban el socialismo o comunismo (da lo mismo) para ajustarse a sus propios intereses políticos personales y sus estafas enriquecedoras. Al igual que los buenos viejos capitalistas, el Cadejo y sus candidatos políticos adoraban comer los mejores filetes de res con grandes Coca Colas y cerveza Corona, mientras miraban sus películas favoritas de Disney, como *Dumbo* y *Mary Poppins*. El socialismo y el capitalismo tenían un denominador común: la codicia humana por el dinero y el poder.

# *CAPÍTULO 6*

Ahora volviendo a la Siguanaba, el gran dilema para esta mujer, de sentimientos y posturas controversiales, era el hecho de cómo lograr convertirse en miembro de una iglesia respetada en Los Ángeles, para poder así ganarse la confianza de la congregación y el sacerdocio. Su objetivo era tomar cursos religiosos en línea para ser elegible y convertirse en la primera mujer sacerdotisa católica. De hecho, era ingeniosa: haría el programa de preparación de sacerdotes en línea. Similar a los programas de credenciales de maestros que requieren que las personas tomen cursos universitarios y después pasen toneladas de exámenes de Pearson con el propósito de convertirse en maestros acreditados. Esta es una raqueta de ganancias de millones de dólares. Cualquiera puede contratar a otra persona para que tome los cursos y exámenes en línea. Muchos maestros, enfermeras, agentes de policía, paramédicos, bomberos saben que pueden tomar por internet esos exámenes, en los niveles estatal y federal, y todo lo que tienen que hacer es pagarle a alguien para que haga el curso o el examen *on line* y lo envíe por la persona que paga.

Para cubrir su Programa de preparación de sacerdotes en línea y parecer más legítima, decidió unirse a la Iglesia del Espíritu Santo en San Gabriel, California. Ella sentía que podía mezclarse muy bien con las comunidades latinas, asiáticas y anglos. Le encantaba cantar los himnos. También se unió a la iglesia All Angels and Sinners, en Pasadena, para unirse a alianzas con la comunidad progresista.

La Siguanaba se hizo amiga del sacerdote de la Iglesia del Espíritu Santo, el padre Santos, y le preguntó si podía seguirlo. Ella quería aprender todos los trucos con el objetivo de parecerse a una sacerdotisa devota. La única parte que no le gustó era aquella de cómo el sacerdote se azotaba cada vez que la miraba. Y es que, secretamente, él se ponía a escuchar a "Earth, Wind & Fire", mientras fantaseaba con follársela. Como una fiera se masturbaba mirando fotos de la Siguanaba. Este sacerdote había realizado una investigación de los antecedentes de aquella apetitosa mujer y le había encontrado fotografías antiguas, en las que ella posaba para las revistas *Smooth* y *Low Rider*.

Tenía que usar ropa suelta cuando iba a la iglesia para que todo el mundo la admirara realmente como era ella. Los hombres dejarían de escuchar al sacerdote, ya que literalmente quedarían hipnotizados con los grandes glúteos de gelatina de la Siguanaba, o sus nalgas temblantes. Los hombres tenían que permanecer de rodillas por un buen tiempo, debido a la durísima erección que les imponía mirar a la Siguanaba constantemente, y la contemplaban tanto que se decían uno a otro: "Es que se me durmieron los huevos, amigo, y no les puedo quitar los pinches ojos de encima a esa mujer… El problema es que se me quedó endurecida la pinga." Y su amigo de al lado le refutaba: "Tonto, tú no eres cubano, ¿por qué dices pinga? Este guey quiere ser Pit Bull, ¿eh?"

A la Siguanaba le importó una mierda. Tomó las clases en línea y obtuvo A en todas ellas, ya que el sacerdote Santos le proporcionaría servicios de tutoría gratis a altas horas de la noche, con solo la luz de las velas. Ella pensó que así evitaría que él viera su trasero en la penumbra del sótano de la iglesia. Gracias a eso pudo asistir y graduarse de la escuela preparatoria de sacerdotes en las universidades italianas del Vaticano. Su mejor amigo no era otro que Pope Chastity. Habían sido compañeros de clase en la universidad de sacerdotes del Vaticano. Ambos amaban el té de manzanilla mientras leían la Biblia. Les encantaba recitar y tararear canciones de monjes. Todavía se cruzaban correos electrónicos y, a veces, incluso se enviaban fotos eróticas entre sí. Un día, el padre Santos no pudo resistir y envió fotos explícitas de la Siguanaba al Papa Chastity. Y fue cuando este exclamó: "¡Santo Dios! Esto es un pecado; no puedo resistir la tentación sexual", y se encendió mientras veía las fotos de la revista *Smooth*.

La única persona que descubrió la amistad íntima y secreta del padre Santos con el papa Chastity fue la Siguanaba. Ella prometió y juró en la Biblia que nunca divulgaría su pequeño secreto. El sacerdote de la Santidad estaba muy feliz y le dijo que ella le recordaba a Juana de Arco, ya que él había escrito su tesis doctoral basada en la Doncella de Orleans. ¡Qué honor!

De esta manera se volvieron tan amistosos que el sacerdote comenzó a decirle a la Siguanaba: "No me fastidies, niña". Lo que quería decir que ella no abandonara el proceso para que entonces pudiera convertirse en la primera mujer sacerdote de la Iglesia católica mundial. Mucha responsabilidad estaba sobre ella. Tenía que demostrar que era una chingona y que no renunciaría. El sacerdote Santos, incluso, compró un regalo para la Siguanaba, unos paquetes con semillas de marañón, semillas de anacardo de DIANA, ya que sabía que ella amaba las semillas de anacardo auténticas, porque estas le recordaban su infancia cuando se quemaban al fuego, para ser tostadas y comidas. Le encantaba ver las chispitas de las semillas cuando se tostaban. Sin embargo, una vez que probó las de anacardo, de la corporación DIANA, dio un vuelco de repulsión. Enseguida dijo: "Estas mierdas saben a cacahuates con leche y manteca. Estas cochinadas no son originales y tienen sabor a PLANTERS, o sea a maní". El padre Santos se disculpó, y la Siguanaba le respondió: "Está bien, cipote cagado. Pero esas chingaderas no son originales".

La Siguanaba aprendió sobre san Francisco de Asís y santo Tomás de Aquino, y supo sobre los rumores de que una papisa había existido en el pasado, pero que la Iglesia la había ocultado, y que esta existía de una manera supuestamente fantástica, como si realmente fuera una historia inventada. La Siguanaba le preguntó al padre Santos al respecto, y él la llevó a través de los túneles que estaban debajo de la ciudad de Pasadena. Caminando entre pasadizos, los dos llegaron al área secreta que tenía la seguridad nacional de la NASA, ubicada en la ciudad de la Cañada Flintridge, una especie de pequeña Área 51. En ese lugar el padre Santos la condujo a la bóveda secreta de la Iglesia católica. Pero allí, de nuevo, la hizo jurar que nunca divulgaría la ubicación y los secretos de lo que estaba viendo. El sacerdote abrió, entonces, los archivos centenarios que documentaban la verdadera existencia del papa Joan desde el año 855 hasta el 857 d. C. Y este (el papa Joan) se convirtió en la primera mujer transgénero, papisa, durante la Edad Media. Al inicio, había emprendido su carrera como monje, hasta que este transgénero vino hacerse asistente privado del Papa en el año 854 d. C. Finalmente se convirtió en la amante de otro papa, Benedicto III. Otro dato curioso es que, entre el clero británico, su apodo vino a ser Beni Dick.

En realidad, *monk* Joan nació siendo un genio natural. Podía leer cualquier cosa de la literatura y comprender su verdadero significado, escribió sus propios libros y poesía. Ella (Beni Dick) no tuvo que coescribir ni colaborar con nadie porque era talentosa. Sabía que los hijos de puta tratarían de plagiarla y robarle sus ideas creativas. Sabía que tratarían de faltarle el respeto a sus derechos de autor y marcas registradas, que ya había presentado y certificado con el Vaticano. Sabía matemáticas y ciencias en todos los niveles, y podía relacionarse con los ricos y los pobres. Por eso *monk* Joan no tuvo que colaborar con imbéciles que robarían sus ideas originales. Una vez aprendió su lección de manera difícil, pero supo cómo zafarse de unos bandidos, un dúo de artistas de teatro que decía querer hacer una obra sobre su vida; una obra de la cual ella ya había escrito el guion, y estos le pidieron, engañosamente, que enviara el archivo del texto a través de palomas mensajeras. Microsoft Word no existía en el siglo IX. En verdad, lo que pretendían era plagiar su trabajo y reclamarlo como propio. Los artistas teatrales declararon que *monk* Joan era egoísta. Y ella les dijo: "No soy pendeja, hermanos cerotes".

*Monk* Joan fue tan popular y activa que logró convertirse en obispo en el Vaticano. Más tarde triunfó en su empeño de convertirse en la papisa Juana, después que envenenó al papa Benedicto, porque este seguía jodiendo/cogiendo a todas las monjas. *Monk* Joan dijo: "Mi vida alcanzó su punto máximo cuando yo tenía 3 años, después todo bajo como la espuma."Sus palabras proféticas están incrustadas en la pared de la iglesia del Vaticano.

La Siguanaba simplemente copiaría la estrategia creada por la papisa Juana. ¡Se vestiría como Boy George para convertirse en el Papa! Le encantaba comprar en Costco, Marshalls y Ross, ya que tenían los mejores descuentos y ropa similar que usaba Boy George. De vez en cuando compraba en Target, pero evitaba que la vieran allí, ya que era una empresa de propiedad francesa.

Quería proyectar una imagen que apoyara los productos *made in America* y Italia, ya que el Vaticano se encuentra en Italia. Quería parecerse a Boy George, como dije, por lo que también iría a American Apparel para comprar ropa de neón de los 80. ¡Qué plan tan ingenioso! Por otra parte, pensó en crear un tema o lema para confirmar su masculinidad y se le ocurrió: "Chupa mis huevos."Pero pensó que podría no tener eco en los conservadores cristianos y católicos respetuosos de la ley…

La Siguanaba decidió contratar al Cadejo como su asesor político para que pudiera encontrar frases pegadizas que resonaran en las masas. Este había adquirido una experiencia tremenda desde que anteriormente hubo de trabajar en tarjetas de regalo de Hallmark. Fue también el asesor principal en la formulación de frases encantadoras y conmovedoras. Ese hijo de puta había sido influenciado por la música de Air Supply, y cantaría los mejores éxitos de ese grupo musical a través de YouTube. Le fascinaba escuchar "Lost in Love" y hacer el amor como para sentirse flotando en el aire. Le gustaba que el cantante principal, Russell Hitchcock, tuviera cabello colocho, puro *salvi*.

# CAPÍTULO 7

Se encontraron en un Starbucks para discutir su campaña y convertirse en la primera mujer católica papisa. Ella ordenó un *venti frappuccino*, ya que quería sentirse italiana ese día. Enseguida le dijo al Cadejo que dejarían de lado sus diferencias para la campaña y que le pagaría un millón de dólares en efectivo. Billetes puros de cien dólares que todavía tenían el olor de la imprenta del Departamento del Tesoro de EE.UU.

Sentada en el Starbucks los recuerdos la llevaron de regreso a su pequeño pueblo en El Salvador, donde de niña tuvo que trabajar en los cafetales y algodoneras. Recordó cómo los terratenientes engañaban a los campesinos con balanzas manipuladas. Decían: "Son solo 50 libras," cuando en realidad eran 100 libras. Les pagaban cinco colones por todo el día. Los campesinos ni siquiera se atrevían a mirar la cara del capataz, el gran jefe vendido, a quien ya temían que les despidiera.

Se les enseñó a mantener la cabeza gacha, a no hacer contacto visual directo y a responder simplemente como "sí señor, lo que Ud. Diga." Una vez que comenzaron a ver películas de Cantinflas, adoptaban entonces ciertos términos mexicanos como "mande," que significa, más o menos, "lo que usted ordene."

Mientras estaba sentada allí, la Siguanaba podía oler la preparación del café y se preguntó si ese café era de Guatemala o El Salvador. Café recogido por niños que ayudaban a sus madres y padres para que pudieran poner comida en la mesa: tortillas con sal, tal vez algunos frijoles, y si es un buen día, podían comer un poco de queso duro o cuajada.

Pero ella dejó de soñar despierta y volvió a la realidad en los Estados Unidos, la tierra de la leche y la miel. Al no ver que se le servía su café a tiempo, se enfureció y le dijo al empleado: "¿Sabes quién soy? Soy una chingadisísima multimillonaria y más rica que tu jodido jefe Howard Schultz: ¡fuck you!, dame mi café, hijo de puta, ahora mismo, pequeño bitch."

El Cadejo había quedado estupefacto y rápido le dijo que ella necesitaba limpiar su apariencia para ser percibida más como una mujer religiosa, con tanta bondad como una monja. Ya no podría usar las colecciones de Prada, Gucci, Valentino y otras cosas caras. Esa sería su primer sacrificio para hacer una beneficiosa demanda de campaña.

También le recomendó que comenzara a dar propina a los *baristas* de Starbucks para crear una opinión de que ella tenía buena voluntad para con los demás. Por eso, decidió darle una propina de un dólar al *barista* de Starbucks. Cuando arrojó el dólar en el frasco de propinas cerca del cajero, expuso: "Esto es por su excelente servicio al cliente y para su futura educación superior." El *barista* se quedó sin palabras. Primero, la Siguanaba fue una perra con él y luego nada ofensiva y sí condescendiente. Pero el empleado se puso furioso por la propina de un dólar, le pareció una burla, y se desquito con el siguiente cliente que pidió usar el baño. Este, simplemente, resultó ser un hombre negro, y como el *barista* era blanco, este le dijo: "Fuck you man, tienes que comprar una taza de café antes de que te deje usar mi baño".

El cliente se puso su gorra de Malcolm X y se fue con su tarjeta de miembro de NAACP. Su refutación fue elocuente: "Querido señor, he leído todas las biografías de Frederick Douglas, escucho a Fela Kuti en mi iTunes de Apple, y permítame informarle que ¡le demandaré!". Lo siguiente que supo el barista fue que Al Sharpton estaba afuera protestando con un letrero que decía: "A la mierda Starbucks, está lleno de perros racistas."Howard Schultz apareció de pronto y se reunió personalmente con Al Sharpton y el miembro de NAACP, y les entregó personalmente un cheque de un millón de dólares a Al y un millón de dólares adicional al cliente descontento. De repente, Howard anunció que haría un día de entrenamiento en busca de una mejor justicia racial cantando "Kumbaya My Lord." Para ello, los miembros del personal debían pararse en círculo y tomarse de las manos, mientras juraban servirles a todos los clientes, y de hecho todos se vestirían con un delantal verde, todo el día. Las lágrimas fluyeron libremente. Al Sharpton le dijo a Jesse Jackson, un personaje que no se perdía ningún escándalo: "Ese hijo de puta tonto me dio un cheque de un millón de dólares, ¿por qué no lo jodes tú también?"Y Jackson le respondió: "Alabado sea el Señor, pasaremos el plato para que nos hagan sus ofrendas. Aprendí eso de mi amigo el pastor latino de La Luz del Mundo, quien vive como un rey y tiene muchas reinas a su lado."Ambos se rieron del blanco, y Al Sharpton se fue al banco a cobrar su millón de dólares.

Al Cadejo le gustaba el vocabulario popular de la Siguanaba, pero también le pidió que lo atenuara, puesto que ella buscaría la posición más alta dentro de la Iglesia católica, que venía a ser la del Papa o, mejor aún, la Papisa. A ella no le convenía que la escucharan tan vulgar. La Siguanaba se echó a reír, al igual que lo haría Selena, y expresó: "La Papisa que te pisa." Era ironico, a los asesinos en serie, pandilleros asesinos, violadores, y pecadores les ofendia escuchar malas palabras mientras sus pecados eran realmente mucho peor que las simples palabras vulgares de La Siguanaba. Por eso La Siguanaba sabia que vivimos en un mundo falso y le llamaba a sus críticos "falsos profetas e hipócritas." Los empleados del LAUSD, UCLA, y USC decían "que malcriada es esa Siguanaba."

Primero, ella necesitaba parecer un hombre. Entonces, el Cadejo le recomendó que continuara adoptando la apariencia de Boy George, al menos, para parecer neutral en cuanto al género y confundir así a las congregaciones. Si mencionaban el tema de su género, el Cadejo le aconsejó que comenzara a gritar que estaban tratando de discriminarla por su género, que aquello era acoso sexual y que nunca más volvieran a hacerle esa pregunta. A veces ella repetía otra pregunta retórica: "¿Freddie Mercury alguna vez les preguntó si era gay? Diablos, no. Por lo tanto, no me hagan preguntas discriminatorias." Incluso, citó a Juan Gabriel en ese momento y parafraseaba una afirmación: "Lo que sé ve, no se pregunta."

El Cadejo ofreció traer a la banda *Intocable* para tocar en Holy Ghost Church y asimismo en el Los Angeles Coliseum. Él quería específicamente a *Intocable* para cantar: "Tú eres mi droga", y dedicársela a la Siguanaba. El orador principal no sería otro que la Siguanaba, que estaría patrocinada por la compañía de Hershey y Coca-Cola. Habría una barra de chocolate gratis para cada asistente, y latas de Coca-Cola para distribuir entre las masas. ¿Quién oficiaría la misa? Nada menos que el papa Chastity, desde el Vaticano. Sin embargo, a pesar de ser el Papa, a este se le pidió que hiciera una verificación de antecedentes de huellas dactilares con el FBI y el Departamento de Justicia y así poder recibir una visa e ingresar a Estados Unidos. El presidente Donald Trump no estaba jugando, él decía que sabía lo que hacía. Trump estaba emocionado al descubrir que el papa Chastity había recibido y visto las fotos explícitas de la Siguanaba. El Presidente les comentó a sus espías tecnológicos de mayor confianza: "Esto es magnífico. El Papa está ahora en mi bolsillo. Voy a chantajearle y partirle el trasero." Pero de lo que Trump no se daba cuenta era de que venía a ser la Siguanaba quien le tenía en su bolsillo trasero, ya que había grabado la orgía que tuvo lugar en la mansión de la isla sexual de Epstein. También había grabado sus conversaciones telefónicas privadas con el presidente de Ucrania. No obstante, la Siguanaba continuaba su relación con Melania y todo lo que conocía de Trump lo mantenía en secreto. En realidad, tenía una carta de as bajo su manga.

Durante una conversación romántica, sobre almohadas, con Melania, la Siguanaba le confió uno de los secretos de su vida pasada, ese de haber sido una mujer noble de Okunevo, Siberia. Miles de años antes había vivido en Siberia y era la reina de su antigua cultura Okunev. Los Okunev se extendieron por toda Siberia e incluso emigraron a partes de Kazajstán. La cultura Okunev se remonta a la actual República de Khakassia. El Okunev entonces emigró hacia Alaska a través del estrecho de Bering y caminó hacia el sur hasta la actualidad, en Canadá, Estados Unidos, México y América Central. En Okunevo, Siberia, circulaba el rumor de que esa "mujer de alcurnia" había ahogado a su hijo y luego se había suicidado; que ambos fueron enterrados, pero que el espíritu de la Siguanaba y el del Cipitío regresaban a la vida y emigraban a la América actual. También circulaba el rumor de que ella mantenía vivo al hijo chelito (el Duende) debajo de sus grandes pechos. Los aldeanos de Okunevo relataban la historia de que una mujer con un vestido blanco deambulaba por el lago local, llorando y aullando. Buscando a sus hijos. Después de escuchar una historia tan fantástica, Melania le contó a la Siguanaba:

Somos hermanas de sangre, ¡vivan Siberia, Eslovenia y El Salvador! Te apoyaré en tu búsqueda para convertirte en la primera mujer papisa. Te regalo un cristal de la suerte que vino de un meteorito que cayó en un lago de Slovenia. Cuenta con poderes sobrenaturales y te protegerá de todo mal.

La Siguanaba abrazó a Melania y las dos lloraron juntas. Su vínculo estaba sellado por la vida.

La Siguanaba estaba muy nerviosa porque tenía que ser la oradora principal ¡frente a más de cien mil personas! Pero ahora llevaba el cristal mágico que le había dado Melania y que le otorgaba poderes y confianza sobrenaturales adicionales. De inmediato, la Siguanaba decidió tomar prestada una línea popular de la cultura pop, para titular su discurso "Wakanda para siempre". Quería hacer de sí misma una heroína maya: el pueblo que la Iglesia católica había colonizado, pero del que todavía sus raíces y resistencia importaban. Ella era la princesa maya que también poseía raíces africanas. Le diría, de pronto, a su amiga: "No es nada vergonzoso ser gruesa, mi niña". Y Melania se rio.

Estaba nerviosa porque su blusa y su falda ajustada tenían pelusas. Ella ordenó una docena de rodillos para limpiar aquellas pelusas; no quería parecer desordenada, sino lucir exquisita para la ocasión, y le pidió a su asistente que limpiara las pelusas, docenas de veces, muchas veces, y también quitarle los hilos de su ropa. El asistente dejó un pequeño trozo de pelusa y la Siguanaba le dio una mirada de puro infierno, y le dijo: "Te voy a meter mis tacones en tu culo." El asistente se sintió un tanto insultado, pero le gustó la idea, ya que estaba acostumbrado a que le introdujeran consoladores grandes, mientras tomaba pastillas de metanfetamina que le ponían el culo a bailar. Las píldoras estimulaban su creatividad y deseo sexual. También le gustaba espolvorear cocaína en polvo sobre los penes, luego olfateaba la cocaína antes de tocar la cabeza. A la Siguanaba le encantaba despedir a las personas para sentir una sensación de poder y superioridad. Llamó a su asistente y le espetó: "Esto no está funcionando para mí, chao, perro".

La Siguanaba veía religiosamente videos de discursos de Hitler, y también observaba los discursos de Martin Luther King, Jr. y Malcolm X. Ella elegía emular y combinar sus habilidades oratorias. Durante su investigación de Google Scholar, la Siguanaba se sorprendió al descubrir que el apellido original de Hitler era Salomón y que tenía raíces judías. El loco Adolf Hitler había ordenado el asesinato de su familia judía y la destrucción de sus raíces judías a través de la aniquilación de su ciudad natal. Un encubrimiento completo tuvo lugar por el Tercer Reich y el Partido Nazi. Hitler detestaba a su padre abusivo, que tenía sangre judía. Hitler tuvo una relación cercana extremadamente cuestionable con su madre, que creó una gran fricción con su padre. La Siguanaba rio a carcajadas y exclamó: "¡Este hijo de la gran puta sí que estaba loco! ¡Esta mierda del complejo de Edipo es la neta!".

La Siguanaba eligió dar su discurso en Los Ángeles Memorial Coliseum, ya que tenía mucha historia y significado para ella, y en aquel campo deportivo cabían miles de miles de personas. Alguna vez había ido a ver allí a Los Bukis y Los Temerarios.

Pero para inspirarse y escribir su discurso le encantaba la penumbra y frescura del Natural History Museum del condado de Los Angeles. Una vez que estuvo allí, recuerda, se escondió en el baño y pasó la noche en el museo. Ella quería dormir al lado de la sección de los osos polares, y asimismo le encantaba caminar para ver las exhibiciones de dinosaurios y la sección de piedras preciosas. Decidió entonces que, en efecto, escribiría su discurso en aquel —para ella— romántico lugar, porque inspiraba su creatividad, su imaginación. Tomó algunos puñados de hierba que motivaban aún más sus pensamientos y sueños, y le habló a los que cuidaban las exhibiciones de animales: "Quememos un poco de hierba/marihuana para obtener verdadera inspiración".

Por fin, tituló su discurso: "Wakanda Forever", el texto incluiría un mensaje de la historia de la esclavitud, la tolerancia y la inclusión de los inmigrantes, un mensaje de inspiración para todos. Interpretaría "América", de Neil Diamond, en el fondo aparecerían imágenes de fotos históricas de esclavos, las luchas y sacrificios de inmigrantes, y un mensaje de unidad. También explicó cómo los espíritus de nuestros antepasados vuelan en el aire. Cómo deambulan las almas por la tierra. Especialmente los inmigrantes y esclavos que han sido asesinados. Sus espíritus están siempre en agitación.

Ella quería recuperar sus almas a través de su discurso y aparentar ser la Latina *Harriet Tubman*. El Cadejo decidió, por tanto, asumir el apodo de Puma Marrón para jugar con el tema del héroe Pantera Negra (Black Panter). Él afirmó: "Soy el Puma Maya, que ayudará a que la Siguanaba se convierta en la primera mujer papisa. También decidió darle a la Siguanaba un apodo pegajoso, la "Reina Maya."

La Siguanaba echó una carcajada y exclamó: "¡Me encanta esa mierda! ¡Yo soy la Reina Maya, hijos de la gran puta!".

El Cadejo creó una cuenta de Instagram con el *hashtag* que decía #TheMayanQueen. En solo un día recibió más de 100 millones de seguidores. Luego, decidió soltar dos millones de dólares para reclutar seguidores de todo el mundo. En una semana, obtuvo más de mil millones de seguidores. El Cadejo conocía algoritmos secretos y apuntó a miembros de la Iglesia católica. Antes de que la Siguanaba lo supiera, tenía ya más de 2,000 millones de seguidores fieles. Ella contaba con un nivel extraordinario de apoyo, una base leal. Mucha gente le había dicho al Cadejo que ojalá todo se tratara de una exhibición de ella como reina. Y finalmente esta mujer insólita decidió comenzar a responder la infinita cantidad de mensajes que le llegaba. Algunos consejeros le dijeron que necesitaba mas "exposure."

¡Exposure? Esa estúpida mierda es lo que quieren, que les exponga mi trasero! ¡Imagínense si les enseño mi vagina, mi chorcha, entonces, en medio del desierto de Mojave, me quemaría atravez del esfuerzo de obtener mas exposure. Exposure my ass!

Todo esto lo escribió en Twitter, Instagram, lo pasó por mensajes electrónicos, por Facebook, Linked In y de la noche a la mañana se convirtió en un genio de las redes sociales. A la gente le encanto su rabia y honestidad.

Por su parte, el Cadejo sabía que tendría que presentar comentarios y videos escandalosos con la Siguanaba. Este engendro fue tan ingenioso que logró que Anastasia Kvitko no solo siguiera a la Siguanaba en Twitter e Instagram, sino que respaldara sus esfuerzos para convertirse en la primera mujer papisa. El Cadejo voló con la Siguanaba a Rusia y efectuó una sesión de fotos y videos con la conocida Anastasia Kvitko. Los seguidores de Anastasia se volvieron locos y abrazaron y apoyaron totalmente a la Siguanaba cuando la vieron en Tik Tok. Se rastrearon miles de millones de búsquedas en Google porque las personas se preguntaban con una frecuencia viral "¿de quién es el trasero más grande, de la Siguanaba o Anastasia Kvitko? Y, de hecho, ellos mismos respondían: "¡De la Siguanaba, de la Siguanaba!"

El Cadejo decidió hacer videoclips cortos, de treinta segundos a un minuto, con la vida y las luchas de esta "mujer incansable." Se le ocurrió la idea de incluir la música cristiana de Sandy Caldera como fondo de algunas escenas. Compró una cámara *Go Pro* para capturar la esencia de la Siguanaba, mientras esta hablaba desde su corazón y el alma.

El primer video de un minuto presentó los humildes comienzos de esta mujer inigualable, en los que se aseguraron de ocultar los aspectos negativos de su pasado. Nadie podía descubrir que ella había ahogado a sus hijos gemelos, bueno, en realidad, a uno de ellos, al Cipitío, puesto que este nació con la piel oscura, con una gran barriga y los pies hacia atrás. Ella decidió mantener vivo al Duende escondiéndolo debajo de sus enormes tetas. Sin embargo, finalmente tuvo que entregarlo en adopción.

La culpa de su acto malvado la perseguiría durante toda su vida. Por lo que caminaba por las zonas rurales de El Salvador, y en las noches lloraba y lloraba, preguntándose a sí misma que ¿dónde están mis hijos? En la noche tomaba una mirada diabólica y malvada. Su piel así se volvió sorprendentemente pálida, con bolsas caídas debajo de los ojos y largas uñas afiladas. Su voluptuoso trasero se hundió. Su cabello crecería extremadamente largo y usaba un vestido blanco transparente, en el que se podía ver su horrible pecho caído, que a veces llegaba al suelo. Sus pezones estaban arrugados como pasas. Sus ojos, rojos como la sangre. Sus chillidos enloquecían a los hombres cuando la veían.

Pero, cuando se transformaba, seducía a los incautos mediante su increíble belleza maya. Una vez que se acercaran a ella, los hipnotizaba con sus ojos que hervían enrojecidos. Si quería, se los cogia y los dejaba como zombis. Estos sujetos comenzaban a parlotear y caminar diciendo cosas incoherentes. Ella echaba carcajadas, grandes risas que hacían que los estúpidos machos se quedaran sordos. De esta manera, se estaba vengando porque percibía a muchos de ellos como mujeriegos. Odiaba a los mujeriegos y a los jugadores, puesto que le recordaban al Cadejo, el malvado Cadejo, el Cadejo pendejo, aunque este fuera su asistente de campaña.

No obstante, el Cadejo ahora era amable, se comportaba bien. El Cadejo ahora era lúcido y estratégico; dirigía su campaña y ella le perdonaba parcialmente, por ahora, claro. Por eso, estaba contenta de que el hijo de puta hubiera decidido ser benevolente. Ambos tuvieron que reprimir sus lados malvados. Muchas cosas en la vida son complicadas, por esta razón los dos ahora representan a la humanidad y también la eterna lucha del Bien contra el Mal.

En un momento de chispa iluminadora, al Cadejo se le ocurrió el eslogan de "Somos la Siguanaba." "Somos la Siguanaba,"y enseguida asumió el papel de Mike Pence para obtener el apoyo de las iglesias católicas y cristianas. Las congregaciones le amaban y realmente pensaban que se encontraban con Pence, quien le decía a las congregaciones católicas que él cultivaba sandías y maíz en su patio trasero, y que se ponía en contacto con el proletariado, con los agricultores y la gente común; que le encantaba comer tamales con frijoles, tamales pisques y tamales con chipilín. ¡Incluso pedía chipilín extra!

El Cadejo estaba tan excitado con la campaña pero de tanto trabajo empezó a desarollar artritis y para aliviar el dolor, el necesitaba un poco de hierba/marihuana medicinal para aliviar el dolor. Él ordenaba entonces su hierba a través de Amazon Prime pero poco a poco también empezó a ordenar opioides. Y finalmente, el tonto se volvía adicto al fentanilo y a otros opioides sintéticos. Pero mantuvo sus adicciones secretas para que La Siguanaba no lo despidiera.

Decidió luego comenzar una página de *GoFundMe* para la Siguanaba y el *banner* superior decía "We are la Siguanaba". Su objetivo era recaudar 1,000 millones de dólares en suculentas donaciones y obtener esa aportación de los partidarios. Quería emular la estrategia de Bernie Sanders, esa de inspirar a las masas con sueños de *hippie*. Por supuesto, con un poco de marihuana pudo adoctrinar mejor, pudo impulsar con más facilidad sus ideas. Tampoco quería que la Siguanaba gastara su propio dinero en la campaña, porque lo que él pretendía era que las gentes invirtieran y se sintieran "participativas" del apoyo que le daban. Por supuesto, el Cadejo, hijo de puta, gastaba parte del dinero en su adicción a los opiáceos. Lo justificaba afirmando que este producto le ayudaba con su creatividad.

El Cadejo creó una hoja de cálculo Excel que incluía un presupuesto y una estrategia de campaña de *marketing* y publicidad de 1,000 millones de dólares. Ese hijo de la chingada fue ingenioso. Los números no eran una gran cosa, ya que solo podía conectarlos y Excel producía los resultados en un segundo. Como buen internauta, aprendió a usar Excel a través de *tutorials* (videos) de YouTube.

Subía videos cortos que inspiraban en la gente la aceptación de la Siguanaba; eran de treinta segundos a un minuto en YouTube. Por otra parte, asignaba decenas de miles de dólares en publicidad, realizaba una promoción altamente pagada para "engrandecer" el nombre de la Siguanaba, y de esa manera atraer seguidores y convertirlos en fieles. Organizaba *pops up*, de la noche a la mañana, para recaudar fondos con el propósito de ayudar a los más necesitados, y la Siguanaba regalaba ropa, juguetes, comida y libros aburridos y usados a los más necesitados.

Estas acciones la acercaban a la gente que comenzó a convertirla en una heroína. La veían ya como muy popular entre la clase trabajadora y, en general, entre todos los pobres. Incluso ella consiguió un lugar en el Pop-Up de Molcajete Dominguero y Harvest Arts & Crafts Festivals para vender productos (camisetas, carteras y alfileres) que promocionaban su imagen junto a Frida Kahlo y la Madre Teresa. El Cadejo y la Siguanaba hacían una pareja genial en la promoción y publicidad políticas. Ella había aprendido esas habilidades, al dirigir su corporación de servicios de lavandería de 1,000 millones de dólares. Era tan ingeniosa que compró una rueca para hacer su propia ropa en el local de venta ambulante. La gente estaba asombrada de su humildad. Además, ella quería imitar las cosas que hizo Gandhi, entre tantas, el hecho de usar una rueca para hacer su propia ropa.

Sin embargo, la Siguanaba no resultaba ser la Madre Teresa, y mucho menos cuando se trataba de sus deseos sexuales. De ahí que no pudiera resistirse y decidiera hechizar y joder al sacerdote principal de la Iglesia del Espíritu Santo, el padre Santos, que finalmente se conoció como el "Padre Screwed". La congregación se reía cuando le decían Padre Screwed (el padre cogido, templado, chingado). El sacerdote perdió la virginidad y la inocencia. Incluso llegó a fumar *crack* y a inyectarse heroína. En poco tiempo se convirtió en una máquina de hacer el amor y en un esclavo sexual de la Siguanaba. Además, ella le obligó a verter un poco de cocaína en su vagina y él tuvo que lamerla. Ella le dijo: "Cerdo asqueroso, ahora eres mi pequeño perro. Mi esclavo sexual", y se tiró unos pedos con carcajadas. Concluyó diciéndole: "Ahora me nombrarás la mera sacerdotisa —la cura— que te cura el culo. Ahora eres mi esclavo..." Ese domingo, el sacerdote se paró ante la congregación y lloró al decir que la Siguanaba había sido nombrada como la nueva sacerdotisa, "la primera cura," en toda la Iglesia católica. El sacerdote le había enviado un correo electrónico al Papa en Roma, y le había pedido su firma notarizada, convirtiendo a la Siguanaba en la primera mujer sacerdotisa de la historia. Este fue su boleto al Vaticano.

Los titulares eran escandalosos. *TMZ* dio la noticia primero y se puso en marcha. Encontraron y se acercaron a la Siguanaba en el estacionamiento de la iglesia. Una vez que entró en su Mini Cooper, la cámara y el reportero se acercaron agresivamente a ella. Harvey Levin comenzó a entrevistarla en español, ya que enseguida vio en ella algunas características indígenas. La Siguanaba tuvo que contener su ira. Ella dijo: "Harvey, hablo inglés y muchos otros idiomas que aprendí durante la escuela dominical." Harvey Levin de *TMZ* respondió: "Lo siento, sacerdotisa Siguanaba", y ella aceptó la disculpa con un movimiento de su cabeza. De inmediato, dio paso a la entrevista.

Harvey comenzó con una pregunta explosiva: "¿Tuviste una relación sexual con el sacerdote para tomar su lugar?" Y la Siguanaba respondió de manera airada:

¿Cómo te atreves a hacerme esa pregunta? Soy una mujer honorable ¿No has visto mis videos de mi asistencia a misa todos los domingos? ¿Por qué le harías una pregunta así, tan demoníaca y degradante, a una dama?

Poco de sangre goteando de las uñas de la Siguanaba, mientras hablaba. Él comenzó a entrar en pánico porque podía oler el azufre y la sal provenientes de sus gotas de sangre. Una vez que vio que sus uñas puntiagudas comenzaban a afilarse, decidió pedirle a su camarógrafo que cortara la entrevista.

Sudaba profusamente y decidió disculparse. Le dijo

fuera de cámara que, si se lo permitía, le haría preguntas suaves, esponjosas y que lo perdonara. Ella aceptó. Harvey comenzó de nuevo: "Sra. Siguanaba, has hecho historia hoy al convertirte en la primera mujer sacerdotisa del catolicismo moderno, ¿cómo te sientes en esta ocasión especial?".

La Siguanaba fue amable en su respuesta y declaró:

Me he sacrificado y sufrido durante décadas para convertirme en una mujer sacerdotisa. Lo he hecho para inspirar a las jóvenes a creer que pueden lograr cualquier cosa en la vida. Al igual que Hillary Clinton nos enseñó en cómo controlar una fundación beneficiosa, y Elizabeth Warren en cómo ser una precandidata, dura y eficiente, a la nominación de su partido. Ambas nos hicieron creer en nuestros talentos. Por eso yo quiero convertirme en un modelo a seguir para todas las niñas y niños del mundo.

Harvey quedó hipnotizado por su belleza y sus palabras, pero fingió ignorar sus senos y sus pechos, su gran culo, muy parecido al de Jennifer López. Parpadeaba mucho y la Siguanaba cambió su mirada y actitud severa de maestra y le dijo a Harvey: "¿Puedes dejar de parpadear tanto?".

Este dijo de inmediato para concluir:

*TMZ* está haciendo historia aquí al entrevistar a la primera mujer sacerdotisa del mundo. Le deseamos lo mejor y queremos agradecerle profusamente por haber aceptado la primera entrevista en exclusiva. Harvey entonces se despide de Pasadena, California.

*TMZ* obtuvo las calificaciones más altas de la historia. Más de 2,000 millones de televidentes en todo el mundo que tienen cable vieron la entrevista. A las jóvenes estudiantes de Belice y Nigeria se les pidió que escribieran un ensayo sobre la vida de la Siguanaba. Se estaba volviendo muy conocida internacionalmente. Pero se había puesto furiosa porque Harvey tosió durante la entrevista. Y todavía enfurecida reclamó:

Ese cerote estaba tratando de arruinar mi visión de mi primer día internacional. Suerte que ya tengo experiencia con la gente y en cómo lidiar con jodidas distracciones, como esa tos del pinche periodista.

La tos le recordó los momentos en que ella estrangulaba a hombres en El Salvador. Jadeaban y tosían por aire. Le gustaba asesinarlos, pero odiaba que esparcieran sus gérmenes cuando tosían. Era *germenfóbica* y no le gustaba particularmente ver u oler sangre. Por esa razón, la Siguanaba, en veces, elegía estrangular a sus víctimas. Pero cuando se encabronaba, los cortaba en pedazos, al igual, como mataba Freddy Krueger de *A Nightmare on Elm Street*. La parte principal que odiaba de sus víctimas era su tos y suplicos que no los matara. La Siguanaba decia: "Estos maricones no aguantan ni mierda." Y este espanto de mujer echaba estridentes carcajadas, mientras les ahogaba entre pataletas y pedos endiablados.

Estudiantes de todo el mundo se sorprendían de que una mujer se hubiera convertido en sacerdotisa. Fue una noticia controvertida en todas partes y el Papa tuvo que hacer un anuncio formal, en público, en el Vaticano. Dio su discurso en español para hacer un punto de tolerancia y, por supuesto, lo hablaba con fluidez. Había recibido las fotos de ella enviadas por el sacerdote Santos y sabía que la Siguanaba estaba rebuena. Así que quería conocerla personalmente. La invitó al Vaticano, a su suite *Very Important Person* (VIP), privada, para que pudieran leer la Sagrada Biblia juntos. Sabía que estaba pecando con sus pensamientos eróticos.

De lo que no se daban cuenta era de lo difícil de destruir de la Siguanaba. Ningún hombre la podía usar o controlarla. Ella era la Chingona y se chingaba (cogía) a los hombres, y no al revés. Para que los demás supieran quién era ella, entre sus más cercanos colaboradores, les leyó la interpretación y definición de chingar que había dado Carlos Fuentes personalmente: "Yo soy la chingona y nadie me va a chingar a mí"les dijo a sus mas cercanos colaboradores. La Siguanaba seducia a los hombres y les obligaba a recitar versos santos, mientras tenían encuentros sexuales. Algunos, incluso, los hacia cantar el "Ave María" mientras ella se cogia a los hombres con tanta fuerza que estos se tiraban pedos más fuertes que los de un dinosaurio.

A El Cadejo le encantaba escuchar las canción de los Pretenders titulada "It's a thing line bethween love and hate" y hasta cantaba con Crissy Hines – al estilo Karaoke. El pobre hijo de puta le gustaba recordar los días de supuesto romance entre el y La Siguanaba. El dundo no se imaginaba el plan maestro que tenia La Siguanaba para tomar su dulce revancha.

# *CAPÍTULO 8*

Mientras tanto, el Cadejo tuvo que desarrollar el plan estratégico final para que la Siguanaba se convirtiera en la Papisa. Él pensó que ella tendría que dar el salto principal par llegar a ser la primera mujer sacerdotisa del mundo. Con frenética curiosidad, comenzó a leer sobre Steve Biko y otros revolucionarios, para inspirarse y darle más publicidad a los sueños de aquella mujer. Le encantó la siguiente cita de Biko: "El arma más potente en la mano del opresor es la mente del oprimido."

El Cadejo se fue a la Monarca Bakery, y allí se sentó para escribir el plan de campaña de la Siguanaba. De todas, todas, él la convertiría en la primera mujer papisa. Mientras estaba sentado, frente a Santa Monica Blvd. y Western Avenue, una empresa, corrupta, de remolque, llamada Metro Towing Inc., decidió remolcar ilegalmente su automóvil. Fue una estafa, un fraude completo. Tuvo que pagar para recuperar su automóvil Mercedes Benz y el Cadejo no pudo contener su lado malvado. Decidió hervir vivos a los conductores de grúas y a otros empleados corruptos de Metro Towing Inc. El Cadejo le dono la carne humana a King Taco, para que pudieran hacer tacos de carnitas y burritos con los corruptos hijos de puta. Claro, King Taco nunca supo que era carne humana. Los propietarios y abogados de Metro Towing Inc. son unos degenerados que solo cobran tarifas de remolque fraudulentas y después les encanta comprar en Rodeo Drive con el dinero robado de la sangre, el sudor y las lágrimas de las comunidades minoritarias de la clase trabajadora. El Cadejo se enfurecía al ver tanta audacia y corrupción de Metro Towing Inc. Que tienen 99% comentarios negativos en Yelp reviews. Odiaba a los hijos de puta mentirosos y se refería a ellos como "basuras."

Esta empresa de remolque, y otros negocios fraudulentos, se dirigían a miembros de las comunidades hispanas, en ciudades de clase trabajadora como Hollywood, Maywood, Bell, Cudahy, Bell Gardens, Huntington Park y Boyle Heights porque estos residentes son principalmente inmigrantes que no saben donde quejarse. Estos residentes no conocían cómo relacionarse con los inspectores del grupo de trabajo para combatir los fraudes y, en general, la corrupción; cómo había que hacer las investigaciones; cómo solicitar que se mostraran las licencias comerciales, y muchos no sabían tampoco cómo presentar demandas formales. Cuando los miembros de la comunidad llamaban a la policía, los agentes, en realidad, habían sido entrenados para decir: "No podemos hacer nada, esto es un asunto civil".

El Cadejo exclamó: "¡Asunto civil, mi culo!" Se comunicó con el fiscal general, el fiscal del Distrito y el fiscal de la Ciudad. No iba a comerse la mierda de nadie y ejercería sus derechos para no ser oprimido. Él era el moderno Steve Biko y al mismo tiempo Fela Kuti, y estaba cansado de los coruptos sistemas de *apartheid* establecidos en los Estados Unidos. En los foros públicos, El Cadejo le preguntaba a la gente:

¿Has visitado las diferentes iglesias en tu ciudad? ¿Has visitado las escuelas públicas y *charter*? ¡Demonios no, no lo has hecho! ¿Has visto los segregados que están? Sí, están segregados. ¡Incluso la Biblia no puede unir a las personas, por eso necesitamos que la Siguanaba que se convierta en ese faro de luz y esperanza para nuestra Iglesia católica!

¡El público rugiría con aprobación!

Estaba preparando el terreno para que la Siguanaba fuera percibida como la Madre Teresa y también como una superheroína como la versión de mujer en *Black Panther*. Terminaría así algunos de sus discursos con *Wakanda Forever* y cambiaría la frase para decir *la Siguanaba Forever*. El Cadejo decidió entonces crear enlaces a la página *web* de Crowd Funding para poder recaudar un millón de dólares y serigrafiar la cara de aquella mujer inverosímil en miles de miles de camisetas que incluían la frase: *la Siguanaba Forever*, nuestra Reina Maya. Estas camisetas fueron entregadas en los partidos de los Lakers, Dodgers, Angels, Chargers, Galaxy y otros clubes y eventos deportivos para que se exhibieran también en el Staples Center, el Coliseum, el Stub Hub Center y el Union Bank Stadium.

¡Qué demonios!, El Cadejo se imaginó que esto crearía un enorme nombre y reconocimiento facial de la Siguanaba. Su plan estratégico de campaña era simple. Crear historias de interés humano relacionadas con la Siguanaba y crear empatía con sus seguidores. Su objetivo final era hacer que las personas sintieran una fuerte conexión con esta extraordinaria mujer, hasta el punto de sentir que la conocían personalmente por ese, su primer nombre: la Siguanaba. El Cadejo la haría más famosa y amada que a Diego Maradona y a Evita Perón, combinados. Estaba cansado de que Hollywood tomara leyendas del folclore latinoamericano y las convirtiera en películas con fines de lucro. Por supuesto, todos irían al cine como zombis una vez que se estrenara una película "culturalmente relevante". Pero, en eso, ella le preguntó al Cadejo: "¿Hay alguna escuela o librería de mierda construida con las ganancias de esos miles de millones de dólares que obtienen por hacer esas películas? ¡Demonios, no!", respondió ella misma.

Su principal interés en convertirse en la Papisa era hacerse dueña de la mayoría de las propiedades y tierras de la Iglesia católica. La Siguanaba había investigado a través de la Biblioteca del Congreso y en la Biblioteca Central de Los Ángeles. En esos dos lugares había descubierto los secretos de la Iglesia católica. Eran los terratenientes más grandes del mundo. Y eso fue lo que realmente hizo a esta institución poderosa y rica más allá de lo creíble. También habían desarrollado un sistema de bautismos, implementado originalmente durante la colonización de América Latina, Asia y África. Obligaba a los padres a hacer de sus bebés una especie de "propiedad de la Iglesia", una vez que fueran bautizados. Con esto habían implementado un flujo constante de efectivo, en miles de millones, para ingresar en las cuentas de gastos sin restricciones de los miembros de la Iglesia y los sacerdotes de alto rango. El puto diezmo fue una estafa de extorsión implementada por el primer papa, adicto al juego.

De modo que obligaban a cada miembro a contribuir con el 10% de sus ganancias a la Iglesia católica. ¡Qué demonios!, golpeaban —y si los tenían que matar, lo hacían— a los indígenas para que se convirtieran al catolicismo, y que su dinero fuera donado a la Iglesia. Esta institución se convirtió asimismo en aliada de las corporaciones más corruptas, ya que todos se beneficiaban con la explotación de las masas.

Aquella institución eclesiástica decidió que debía crear una alianza con los CEOs de *Fortune 500* para que sus trabajadores se convirtieran en miembros de la Iglesia católica. De esta manera, los ejecutivos podrían hacer lavado de dinero donando el 10% que robarían de las corporaciones. Era una verdadera estafa jodida que se veía como legal.

La Siguanaba se dijo a sí misma: "Con todo ese pinche dinero, me podré comprar todo lo que me encanta — ¡Podría comprar presidentes a través de todo el mundo!". Y se echaba a reír como el Joker. La Siguanaba ya estaba tramando cómo desarrollar un plan de negocios, un plan estratégico para lanzar su línea de ropa titulada la Siguanaba. Sería más grande que Gucci, Prada, Hugo Boss, Guess y todo el consumo de mierda que los humanos anhelan y adoran para obtener un estatus social. "Estos pendejitos comprarán mi línea de ropa", pensaba ella. Incluso comenzó a soñar despierta con el lanzamiento de su propia compañía de perfumes —colonias que olerían a dulces franceses y frutas del Caribe y centroamerica. El ingrediente principal en los perfumes incluiría guayaba, zapotes, mangos y marañones. Ella estaba extasiada, y ¡no podía esperar!

Sus motivos ocultos de convertirse en papisa seguirían siendo un secreto. Ella quería ser una explotadora de tierras más grande que Rick Caruso y la familia Poma de El Salvador; pretendía tener más riqueza que cualquier persona en el mundo; quería abrir centros comerciales gigantes por doquier; convertiría algunas iglesias y capillas en megacentros comerciales que incluirían su línea de ropa y perfumes. Se imaginó que los hombres habían tomado posiciones de poder con fines egoístas. Ahora venía a ser el tiempo de la mujer.

El Cadejo quería una parte en el negocio en la estafa de propiedad de la tierra, que la Siguanaba implementaría una vez que se convirtiera en papisa. El Cadejo también tenía una codicia ilimitada que no podía ser contenida. Al igual que la Siguanaba, él soñaba con convertirse en un gran oligarca. Quería superar a todos los oligarcas rusos que lo habían usado para sus geniales y corruptos servicios de consultoría política. Se reunió en secreto con el presidente  guatemalteco Jimmy Morales, para desarrollar una estrategia en la que Yucatán y Chiapas fueran territorios devueltos a Guatemala. El apretón de manos secreto que el Cadejo se dio con Jimmy fue que él mismo se hiciera el verdadero dueño de Yucatán y Chiapas. Quería ser copropietario de Chapín Landia. Ya se estaba imaginando cambiar el nombre de Yucatán y el de Chiapas por el de Chapín Landia. El payaso Jimmy le recomendó que se reuniera con el presidente López Obrador para negociar la compra de Campeche y Tabasco.

El Cadejo quería tener castillos, coches de primera línea, mansiones junto a la playa, aviones privados, miles de relojes Rolex llenos de diamantes; buscaba ser codiciado como Maluma. Abriría su propia corporación musical para convertirse en el mayor propietario del sello discográfico más grande del mundo. La avaricia y el engrandecimiento de ese hijo de puta eran ilimitados. Intentaba ser más grande y poderoso que Putín. Él llamaba a Putín: "Ese putito." Su motivo oculto de ayudar a la Siguanaba de llegar a ser el Papa, y así, el poder convertirse en uno de los terratenientes más grandes del mundo. El Cadejo había escrito su solicitud a la Siguanaba en una servilleta cuando estuvieron poniéndose de acuerdo en Starbucks. Él simplemente le escribió en el trato que hicieron: 50% como terrateniente de la Iglesia católica e incluyó una pequeña línea de letra dentro del contrato: tendría derechos exclusivos para vender pupusas en todas las iglesias católicas del mundo. Decía: "El Cadejo: exclusivo distribuidor de pupusas en todo el mundo a través de la Iglesia católica".

El hijo de puta era un genio malvado. Por la noche, recordaba a sus dos hijos: el Cipitío y el Duende. Soñaba despierto que había sido un padre responsable y amoroso.

Pero era todo lo contrario. Para olvidar su lado blando del corazón, encendía una pipa de *crack*. Inhalaba tan fuerte que la nariz y el culo le sangraban. La cocaína *crack* hacía temblar su cerebro, pero le encantaba la sensación de estar drogado, puesto que le hacían ignorar sus sentimientos más débiles. La droga también le llevaba a ser un poco creativo y artístico, hasta el punto de que incluso escribía poesía. Una vez escribió a mano un poema corto para sus dos hijos: Les extraño Cipitío y Duende. /Me duele el corazón. /Perdón por haber sido un verdadero hijo de puta. /Un día vamos a hornear juntos para siempre… Por la mañana, estaba tan avergonzado de que el *crack* le convirtiera en un blando, en un gatito inofensivo y lloroso. Sus ojos eran de color rojo brillante. Cuando se despertó después de la droga y el sueño en el que también lloraba toda la noche, en un rapto de ira consigo mismo, quemó el poema. El Cadejo había querido redimirse ayudando a la Siguanaba a convertirse en la segunda papisa oficial de la historia. Pero su ambición no le dejaba ser leal. Y él mismo lo reconocía. No importa cuán malvado fuera realmente, tenía una gran sensación de vergüenza. Sabía que había sido un padre aburrido y a quien no le interesaban sus hijos, por eso nunca se había sentido preocupado de proporcionarles ayuda financiera o incluso emocional. Y ahora reconocía que había querido usar a la Siguanaba para joderla. Era un verdadero pedazo de mierda.

No es de extrañar, por tanto, que la Siguanaba tuviera varias razones para vengarse. En realidad, ella no podía esperar para acceder a los archivos secretos dentro del Vaticano sobre cómo llevar a cabo exorcismos y encontrar los verdaderos ingredientes que eventualmente ayudarían a disolver y terminar al Cadejo para siempre. Ella tenía que asesinarlo antes de que él intentara asesinarla. Estaba frustrada porque los esfuerzos del Cipitío y del Duende no fueron 100% efectivos para destruir verdaderamente al Cadejo. Ella murmuraba entre dientes: "Este hijo de la gran puta me las va a pagar, esa babosada de la sopa de pata no sirvió. Voy a tener que disolver a este pendejo con algo mucho más poderoso".

El último sueño de la Siguanaba era ser una papisa activista, y conquistar la igualdad de derechos para todas las mujeres; para que las mujeres fueran respetadas en la fuerza laboral y que recibieran la misma paga y, de hecho, la misma protección que los hombres. Ella quería erradicar la pobreza entre mujeres y niños. Pensó que, si se convertía en la segunda mujer papisa, su ejemplo influiría en los hombres para que estos fueran más tolerantes, verdaderamente respetuosos y abiertos a una sociedad justa en cuanto a los géneros. Ella quería ser más grande que Wonder Woman, quería ser percibida como la Papisa Superhéroe.

Pero a través de los sacrificios y el sufrimiento de su vida, supo de primera mano que los hombres eran inherentemente malvados. Ella estuvo, por ende, de acuerdo con Thomas Hobbes, el filósofo, en que las vidas humanas eran "cortas y brutales".

Una vez que fuera nombrada papisa, y ya fuera la Papisa, una de sus primeras decisiones ejecutivas sería hacer de María Magdalena una santa. Sabía que los hombres habían conspirado para hacerla parecer una prostituta desde que decía lo que pensaba. Una de las armas clave para silenciar a un activista de justicia social era simplemente desacreditarlo y crear rumores y mentiras viciosas, destruir la integridad de la persona. Los líderes corruptos de la Iglesia habían logrado destruir la reputación de Magdalena. Ahora la Siguanaba tenía la intención de restaurar su legado como feminista y líder que merecía ser canonizada y convertida en Magdalena la Santa. La

Siguanaba le pidió al sacerdote Santos que presentara su nombre (el de la Siguanaba) como nominada a convertirse en la primera mujer papisa. ¿Y por qué no?

Las cintas de sexo que había grabado sobre el sacerdote Santos fueron útiles. Ella simplemente le entregó un teléfono inteligente para que viera sus cintas sexuales de sadomasoquismo. El tipo casi se desmaya y ella, de manera simple, le dejó saber unas palabras:

Padre Santos, usted me nominará para que yo sea la segunda mujer papisa de la Historia, y no me mire con esa cara de *mashed potatoes*, que me ha puesto ahora, ¡viejo corrupto, eh!

Y ella dio en el clavo porque el padre Santos tenía una cara de papa agobiado o papa apendejado. Divertidísimo. Jajajajá.

El padre Santos estaba estresado y preocupado; se encontraba jodidamente molesto con todo el papeleo que tuvo que leer, completar y enviar al Vaticano. La parte que más le enfureció fue la jodida tarifa de 500 dólares que tuvo que pagar por la solicitud. Y lo tuvo que hacer de su bolsillo, pero dijo: "A la mierda, tomaré el efectivo de las ofrendas para pagar la tarifa".

El padre Santos también se sentía estresado, ya que la Fundación Áreas Industriales/L.A. VOICE le pidió que luchara contra la contaminación ambiental. Conducía un Hummer y un Cadillac y realmente no le importaba nada proteger el aire o el agua. Pensó: "Tenemos suficientes problemas con los gánsteres que intentan extorsionarnos". Un padre de Boyle Heights le pidió que se uniera a la lucha en esa ciudad contra la contaminación ambiental. El padre Santos dijo que estaba demasiado ocupado completando documentos y que no podía unirse a la lucha por la justicia ambiental y que esta era la voluntad de Dios para mejorar o no las comunidades.

El hijo de puta había recibido sobornos de los desarrolladores y algunos políticos locales que ya habían sido comprados por los contaminadores multimillonarios. Algunos latinos asimilados; es decir, aculturados que afirmaron ser de Boyle Heights, Echo Park, Eagle Rock, de Lincoln Heights y Highland Park, fueron los grandes inversionistas detrás de la construcción de edificios y condominios masivos para deshacerse de los pobres. Tomaban tragos de tequila en los bares locales y se reían, ya que sabían que estaban engañando a su propia gente al afirmar ser activistas, pero en realidad eran explotadores encubiertos.

El padre Santos y otros activistas también estaban en las juntas asesoras de las organizaciones ambientales más prominentes que recibían dinero de los contaminadores. Pensó que, si a esos hijos de la chingada les importaban menos las comunidades pobres en el sureste de Los Ángeles, el este de Los Ángeles, el centrosur de Los Ángeles, las áreas de Long Beach, Wilmington y Harbor City, entonces él también podría hacerlo. "¿Quién carajo ha hecho realmente algo para detener a los contaminadores en los últimos 30 años?". De hecho, se había permitido que la planta de reciclaje de baterías Exide funcionara durante más de 30 años con un permiso de licencia que a nadie le importó. Ahora las zonas del sureste y el este de Los Ángeles están permanentemente contaminadas. La Siguanaba preguntaba retóricamente: "¿Ha mejorado el aire y el agua? ¡Ni mierda que no! ¿Los latinos, negros, asiáticos y blancos de clase trabajadora, siguen muriendo debido a la contaminación? ¡Sí!"

Saben que es un hecho que las organizaciones ambientales sin fines de lucro no son lo suficientemente diversas. Pero el sacerdote Santos no sintió vergüenza en aquel juego. Era astuto al igual que los padres y cómplices en el escándalo de admisión de estudiantes de la USC. Estos se sentían privilegiados y por encima de la ley.

Afortunadamente, un denunciante, que fue arrestado por corrupción relacionada con la inversión en acciones, decidió criticar a los padres y cómplices que estaban implementando esta estafa. Estos padres querían un trato para no pasar tiempo en la cárcel. Pero la historia se hizo pública tanto en el ámbito nacional como en el internacional, a pesar de que este tipo de travesuras había estado ocurriendo durante muchas, muchas décadas. Los hijos e hijas de la élite siempre tuvieron acceso a ser aceptados en las mejores universidades debido a las conexiones, las contribuciones de los padres y el reconocimiento del apellido.

No es de extrañar que el sistema esté manipulado. ¿De dónde obtienen trabajo estos estudiantes de universidades de élite? De las corporaciones e instituciones que ya están conectados con sus padres también. La clase trabajadora, los miembros de la comunidad minoritaria generalmente han tenido un final diferente. En especial, miembros de la comunidad de las partes sur y centro de Los Angeles. Muchos niños latinos y negros aprendieron sus conocimientos, mientras vendían paletas y Frito Lay Munchies, Cheetos, con mucho Tajín y Chamoy y con mucho amor. Otros niños proponían camisetas en varios eventos deportivos solo para llevarle algo de dinero a sus madres o padres y poder comprar comida. Algunos comprarían alimentos en el Trader Joe's, ubicado en la USC, con cupones de comida. En realidad, ese era el ajetreo de la pinche supervivencia.

La Siguanaba le preguntó al Cadejo: "¿Quién inventó ese ajetreo?" y el Cadejo no pudo responder. Entonces la Siguanaba misma le respondió:

¡Pues nosotros, cerote! Nosotros aprendimos ese

pinche ajetreo de la supervivencia de nuestros hermanos y hermanas negros, cuyas tierras fueron robadas por los blancos. Métete eso en la cabezota.

Esta mujer totalmente inescrupulosa se estaba volviendo más audaz ahora que había sobornado al padre Santos para que presentara la nominación de ella al Vaticano. Le ordenó al Cadejo que creara un título de *hashtag,* algo que fuera novedoso @*LaSiguanabaHustle,* y también le pidió que se imprimieran más de 200 millones de camisas con su rostro y el identificador de su cuenta de Instagram. Y que se exportaran un millón de camisas a cada país en todo el mundo. Quería ser más conocida que Muhammad Ali, Elvis Presley, Gandhi, la Madre Teresa y todos los demás superhéroes de Marvel *comics.*

Ella buscaba que su campaña se hiciera "a lo grande". Comenzó a usar palabras de gueto como esa de "Let's flip this bitch," que en realidad significaba hacer algo. Ella quería emular la estrategia de *marketing* y publicidad de la franquicia de películas *The Avengers.* Además, quería ser incluida como uno de los personajes principales y ser la primera superheroína latina. Para ello, le dijo al Cadejo: "Consígueme una reunión con los productores y directores de *Los Vengadores.* Pronto, baboso".

De hecho, se había envalentonado y estaba lista para enfrentarse al mundo como Freddie Mercury. Tomó su teléfono celular y llamó a Marvel Studios, y les dijo: "Esta es la Siguanaba, pásame a Kevin Feige." La secretaria le preguntó: "Quién es la Siguanaba."La secretaria, un poco confundida, no pudo pronunciar el nombre correctamente y la Siguanaba se enfureció, y comenzó a gritarle a la secretaria: "Mira, perra, yo valgo miles de millones de dólares, ¿y no sabes quién soy? Pásame a Feige ahora o te despediré más rápido que Flash." La secretaria se sintió intimidada y la comunicó. La Siguanaba le habló a Feige con confianza y bajó la voz para sonar tentadora. Ella le dijo: "Bebé, Feige, esta es la Sig. ¿Te acuerdas de mí?" y Feige le respondió: "En realidad, no." Acto seguido, la Siguanaba se ofreció a reunirse en Peet's Coffee y le invitó. Feige murmuró un "sí" un poco indeciso. Pero los poderes mágicos y persuasivos de aquella hechicera podían lograr cualquier reunión con hombres o mujeres de poder, en especial, si estos llegaban a comer su pupusa con loroco. Ella fue la primera centroamericana en llegar a la lista de los 500 empresarios más influyentes de *Forbes*, pues había logrado reuniones de té con Carlos Slim, Warren Buffet y George Soros. Siempre llevaba sus bellas falda y blusa de seda amarilla que la hacían exquisita. Cuando se reunió con Feige en Peet's Coffee), le preguntó: "¿Puedo llamarte Kevin? El hombre se veía tan impresionado que enseguida le expresó: "Sí, por favor, llámame Kevin." "Ok, Kevinito, el más chulo." Y ambos comenzaron a reírse a carcajadas. Ella salió con una pupusa de loroco que guardaba en su bolso, en papel de aluminio, y le dijo a Kevinito que la comiera con su café. ¡A este le encantó!, y compartió con aquella mujer legendaria que Leonardo DiCaprio había recomendado comer pupusas. Ambos estaban ahora listos para poner manos a la obra. Ella incluyó ingredientes mágicos, secretos, dentro de la pupusa de loroco.

"Quiero ser la primera superheroína maya, y sé que puedes hacer que suceda", recalcó la Siguanaba. "¡Los dos podemos superar a *Black Panther!*," volvió a enfatizar. "¿Por qué no tienes una superheroína indígena dentro de Marvel?" preguntó y esperó que él respondiera. Feige pensó por un minuto y cuando habló lo hizo con cierto sentido solemne: "Porque los latinos no apoyan a los suyos." Esto hizo que la Siguanaba se echara a reír a carcajadas.

Ella respondió:

Estoy estrechamente ligada a Hispanos International Media Alliance y puedo hacer que protesten y boicoteen cualquiera de sus próximas películas. ¿Ves, ahora, estamos hablando el mismo idioma, tonto?

Feige reconoció:

Mira, nadie me ha hablado con tanta audacia y pasión. En lugar de ofenderte, estoy de acuerdo contigo. Necesitamos un personaje femenino, indígena, una superheroína y tú puedes serlo.

La Siguanaba pensó: "¡Qué demonios!, esa era su gran oportunidad en Hollywood." Ella podría ser la primera superheroína latina protagonista de *The Avengers*. Su papel sería defender los derechos de las mujeres como superheroína y promover la existencia y la belleza de la cultura maya.

Decidió escribir un breve contrato de una página, en una de las servilletas de Peet's Coffee. En el pedazo de babero indicaba lo siguiente, con jerga legal:

Marvel Comics conserva los servicios profesionales de la Siguanaba, para ser el principal consultor de la próxima producción de *The Avengers*. La Siguanaba se presenta como el personaje principal y superheroína junto a otras indígenas multilingües, y Marvel se compromete a pagar a la Siguanaba una tarifa de anticipo por la cantidad de 100 millones de dólares con el propósito de usar su imagen e ideas brillantes. Firmado por Kevin Feige y la Siguanaba.

Ambos firmaron y la Siguanaba le dio un fuerte abrazo a Kevinito. Mientras se despedían, ella le expresó: "No te arrepentirás de tu pequeña Tokenita".

Ahora estaba segura de que la opinión pública se pondría de su lado; haría acto de presencia en todos los grandes teatros del mundo y su imagen de superheroína la ayudaría a convertirse en la primera mujer papisa. Su verdadera intención era esa de llegar a ser la mayor terrateniente del mundo a través de la Iglesia católica.

No podía esperar para ver su rostro en todas las vallas publicitarias más importantes del planeta. En verdad, se iba a ver, muy pronto, como un nombre familiar a través de Hollywood. Ella sería más grande que Yulitza de Roma.

Al otro día, recibió un mensaje de texto de Kevin, en el que le indicaba que estaban pensando en llamar a la próxima película: *The Avengers: la Siguanaba Lives*. Ella reconoció que sonaba bien y que esperaba que fuera mejor que *Black Panther*. Kevin no la contradijo, solo declaró: "Seguro, Sig."

La Siguanaba se estaba americanizando. Le encantaban los perritos calientes (hot dogs, no piensen mal), las palomitas de maíz (pop corn, que mal pensados) y la Coca-Cola. Quería liberarse del estereotipo de que todas las mujeres salvi cocinan o son expertas en hacer pupusas. Pero mientras conducía, pensó en otra idea poderosa: quería que las pupusas fueran servidas durante las proyecciones mundiales de *The Avengers: la Siguanaba Lives*.

Inmediatamente llamó a Kevin Feige y le dijo que su abogado llamaría a los suyos para enmendar el contrato y añadir los derechos exclusivos de vender pupusas en cada proyección de la película, y que quería que las pupusas se incluyeran prominentemente en el guion de la historia. Le anunció a Feige: "Quiero que las pupusas sean el arma secreta de la Siguanaba, similar al lazo mágico de la Mujer Maravilla." A veces, la Siguanaba tenía un corazón suave. Una de sus intenciones era la de incluir las pupusas para que se vendieran en todas las proyecciones de las películas importantes, con la intención de que las mujeres salvi, que cocinaban pupusas, tuvieran la oportunidad de venderlas en esas proyecciones. La Siguanaba quería que estas mujeres tuvieran la oportunidad de ganar bastante dinero durante las proyecciones de *The Avengers: la Siguanaba Lives*.

Pensó que todos estos ganaderos, productores de perritos calientes, se estaban convirtiendo en multimillonarios a través del poder adquisitivo de los 60 millones de consumidores latinos de los Estados Unidos. El poder de compra de los latinos es tremendo, decían, especialmente la multitud que va al cine y está dispuesta a gastar 20 dólares en un boleto, 60 en alimentos y bebidas. En promedio, dos personas gastan unos 80 dólares para ver una película, pensó, ¿por qué no ayudar, entonces, a las hermanas creando oportunidades empresariales con el sistema de economía estadounidense? Ella enseguida se dijo:

Incluso el Bernie Sanders ese conoce el mero ajetreo capitalista. Pues, claro, si ahora es un multimillonario, cabrón. Hasta se ve como un papasito ese viejito lindo con todos sus billetes. Los dollars borran las arrugas.

# CAPÍTULO 9

La Siguanaba a veces se volvía filosófica. Pensó en cómo las mujeres salvi habían sido explotadas durante siglos y utilizadas por los hombres. Por lo tanto, ella quería ser la agente de cambio. Buscar el otro juego. Tenía el dinero y solo necesitaba más poder para ayudar definitivamente a cambiar el juego. A ella le gustaba Bernie Sanders y Elizabeth Warren, "pues sí, porque el maldito sistema está manipulado," se decía. Pero, en verdad, tampoco confiaba en el Sanders y la Warren. La Siguanaba queria otra economia y otro sistema de valores, más justo, más inteligente, más sensible, más sincero y transparente. Y si esto no se podía lograr, entonces ¡a la mierda! Y que el planeta explotara, se hiciera pedazos y cenizas y se desintegrara, por la contaminación producida por los mismos humanos. La Siguanaba hacia preguntas retoricas y socráticas:

¿Por qué una mujer no se ha convertido en presidente de los Estados Unidos?, se dijo a sí misma, ¿Por qué Hillary Clinton fue vilipendiada y demonizada? Bueno, la Clinton pertenecía a un clan también de intereses políticos e económicos, ella es habilidosa. Debemos recordar que ella y su marido tenían una fundación con varios escándalos, sospechosa de corrupción y de marañas.

Por eso ella entendia a Mónica Lewinsky. A Monica le echaron toda la culpa simplemente porque supuestamente le soplo el pito a Bill Clinton, que supuestamente el se aprovechó y la sedujo, con su cara de saxofonista

– le inserto un cigaro, que después chupo, en la vagina a la Lewinsky. Un tipo que había mentido y estuvo al mismísimo borde del abismo por un *impeachement,* que los demócratas pudieron salvar de puro milagro. Bill Clinton casi pierde la chamba por haberle simplemente chupara la cuca a Lewinsky! Neta.

La Siguanaba quería convertirse —por obra y gracias de la imaginación— en la primera mujer papisa para demostrar que no era necesario tener un pene para ser papa. Y es que, si realmente creíamos en la igualdad, entonces, la Iglesia católica permitiría a las mujeres ocupar puestos de liderazgo… A ver, ¿¡por qué solo a hombres?

En otro importante sentido, la pregunta más profunda que tenía era: ¿por qué a María Magdalena se le tachaba de prostituta por hombres de la Iglesia? ¿Por qué tuvo que ser demonizada también, cuando en realidad era una discípula y aliada de Jesucristo? Algunos incluso dicen que ella pudo haber sido la esposa de Jesús. En este tema, que también venía a ser muy Histórico, la Siguanaba se sentía, en lo personal, muy enojada con un profesor de UCLA que la había descrito (a la Siguanaba), intencionalmente, como una "prostituta" en un libro de antología centroamericana. Al mismo tiempo, ella sabía cómo las mujeres también creaban, con toda intención, rumores contra otras mujeres, para joderlas. La Siguanaba dijo entonces: "¿Dónde diablos están mis regalías de esa antología donde difamaron mi nombre?"

La Siguanaba quería convertirse en papisa para hacer de María Magdalena una santa. "Estos pendejos solo quieren el poder y el vino solo para ellos. Quieren seguir abusando de niños y de monjas," concluyó la Siguanaba. "También investigaré y procesaré a las monjas que abusen de los monaguillos." Ella sería María Magdalena, pero sin dejar de ser el mismo personaje de la Siguanaba.

Ella no estaba jodiendo. Una de sus primeras reglas y leyes internas que establecería e implementaría dentro de la Iglesia católica sería la de cortar las manos de cualquier abusador. Estaba harta y cansada de que los hombres se aprovecharan de los indefensos.

Sabía que tenía un cuerpo exótico y hermoso, pero la Siguanaba buscaba asimismo ser respetada por su intelecto. Ser una superheroína en *The Avengers: la Siguanaba Lives* ayudaría a cambiar la opinión pública de que una mujer indígena, maya, podía ser tan buena o incluso mejor que la Wonder Woman, o la Cat Woman y las otras pocas actrices. ¡Imagínense, una superheroína indígena que habla!

Ella conocía el poder de los medios a través de las imágenes. Conocía a los hombres, aquellos reprimidos sexualmente que desacreditaban y destruían la reputación de María Magdalena. Sabía que esos tipos de hombres tratarían de retratarla como una exótica y loca madre que había ahogado a sus hijos. Pero ella contrarrestaría esa narrativa sucia con su interpretación en *The Avengers: la Siguanaba Lives.*

Supuso que Marvel quería fingir que eran políticamente correctos al mostrar algunos personajes de superheroínas de algunas minorías. Lo que ella pretendía era ser un personaje auténtico: la mera mera de *Avengers*. Una mujer chingona.

Sabía que, en el Movimiento por los Derechos de las Mujeres, venían a ser las mujeres blancas las que lideraban la carga y ocupaban todos los puestos de liderazgo. Parecido a la organizaciones ambientalistas – que solo contratan a sus amistades y cheros/as. En el movimiento de empoderamiento de mujeres, las minorías, las mujeres de la clase trabajadora fueron relegadas e inexistentes en el liderazgo y los roles altamente visibles, similar al

Movimiento de Derechos Civiles, donde las mujeres de las minorías fueron relegadas para hacer el trabajo duro que los "hombres" no querían hacer. En un final, la Siguanaba sintió que los *Vengadores* harían justicia, al permitir que ella desempeñara el papel principal. Ella se haría más grande que la Wonder Woman.

Tenía que pensar en sus superpoderes: primero llevaría una pupusa de loroco para luchar contra el mal. La pupusa sería similar a los artilugios de Bat Man. Su arma preferida se llamaría *pupusarang*. Ella podría lanzar el *pupusarang* contra cualquier atacante masculino, y el *pupusarang* les cortaría el pene al instante. Si era necesario, el *pupusarang* dispararía salsa de tomate y curtido. La salsa de tomate y la de curtido podría disolver a cualquier hijo de puta. Sus superpoderes incluirían ser inmortal, porque había deambulado por los ríos, montañas, bosques y zonas rurales desoladas durante siglos. Solía estar atrapada en El Salvador, pero debido a la Guerra Civil, decidió y pudo emigrar a los Estados Unidos.

Ella decidió abrazar y mantener su hermoso aspecto. Cuando se le provocaba, se volvía perversamente fea. Si estaba furiosa y lista para matar, cambiaba su figura para parecer grotesca y repugnante. Solo hacía esto de noche y en los momentos en que decidía vengarse de los hombres malvados y engañosos. Por la noche, podía transportarse a cualquier país que quisiera. Una vez que pisó los Estados Unidos, se convirtió en una señora bien bella, con un cuerpo escultural. Ella era increíblemente hermosa. Incluso los agentes del INS la dejaron ir e incluso le dieron un viaje gratis desde Texas al área de Washington D.C. Uno de ellos trató de violarla en el camino y la Siguanaba simplemente destrozó al tonto con sus uñas afiladas, que podían cortar vidrio a prueba de balas e incluso el metal. No estaba jodiendo, cuando esas enormes uñas de puta crecían, los tajos eran mortales. También desarrolló una risa y gritos que hacían que los hombres enloquecieran, y hasta algunos se quedaban sordos. Tenía el *pupusarang,* las uñas bien afiladas, los chillidos que hacían que los hombres comenzaran a gritar como unos reverendos caballos desbocados, como si les hubieran puesto bisulfuro en los culos, los gritos y cristales rotos, gritos y risas, y grandes tetas que les crecían de una manera siniestra. Y lo más sorprendente venía a ser su inmortalidad. Incluso si alguien le disparaba, o la cortaba en cuatro partes, o la estrangulaba, ella volvía a la vida.

Cuando se transformaba en una monstruosa mujer, creaba una escena aterradora, una mujer fea, con cabellos desagradables, uñas afiladas, grandes puntas de tetas caídas que se arrastran al suelo y los ojos rojos. En los *ghettos* del D.C., de Maryland, Virginia y del South Central, en Los Angeles, se le conocía como la Chichona.

Ella seducía a los hombres preguntándoles: "¿Quieren chiche?."Le encantaba relajarse en áreas como Sugarland, en Maryland; Alexandria, en Virginia, y las áreas de otros *ghettos* y barrios del D.C. Le encantaba el olor de las pupusas. También estaba orgullosa de que la buena bebida se vendiera en Adams Morgan, y que en Mt. Pleasant todavía se podría encontrar refrescos de marañón. Cuando visitaba a sus familiares en las ciudades de Compton y Watts, los parientes se referían a ella como The Big Titty Mama y la Chichona. Cuando estaba en el centrosur de Los Ángeles, iba a su lugar de barbacoa favorito, Philips, en Crenshaw. Mientras esperaba sus costillas a la barbacoa, literalmente cruzaba la calle para visitar una iglesia cristiana. Ella también estaba tratando de crear puentes y alianzas con varias y diferentes denominaciones religiosas. Pensó que eso solo la ayudaría a consolidar el apoyo interno y externo. En última instancia, quería convertir a cristianos, musulmanes, budistas y judíos a católicos.

La belleza natural de la Siguanaba era fascinante. Realmente podía hipnotizar a hombres y mujeres a través de su belleza. A veces podía leer sus mentes e instintivamente podía sentir sus deseos sexuales. Los hombres y las mujeres soñaban despiertos y alucinaban en que ella les haría un paseo en moto con sus grandes tetas.

Cuando algunos hombres anglos de Costa Mesa, California, se encontraban con ella, decían "Yo no español". Lo que en realidad querían decir es que no hablaban español. Ella se reía a carcajadas y comenzaba a hablar con acento británico; se veía muy graciosa. Además, los hombres asiáticos asumían que ella no hablaba inglés, pero cuando menos lo esperaban la Siguanaba comenzaba a hablarles en chino, japonés, coreano, vietnamita y camboyano. Ella tenía el don de lenguas. Pero lo mantenía un poco oculto, así mostraba un perfil bajo, y eso para ella resultaba ser una actitud profesional; no le gustaba hacer notar su inteligencia natural y su don de idiomas, aun cuando había aprendido varios idiomas viajando a estos países a través de sus habilidades de teletransporte fantasmal y de ánima nocturna.

El Cadejo le recomendó que viajara a varios países en los que vivían millones de miembros católicos. Le comunicó que tenía que programarla para visitar lugares clave en América Latina, Europa, África y Asia. Entonces aconsejó a la Siguanaba: "Tienes que ganar los corazones y las mentes de la gente, tal como lo hizo Evita Perón en Argentina. Jajajajá", se reía, porque sabía que habían sido Evita y el mismísimo Perón los que jodieron a Argentina. No llores, guey.

Finalmente se corrió la voz de que Pope Chastity había enviado un telegrama a la Siguanaba para decirle que su nominación había sido aceptada para ser considerada papisa. Finalmente, el Servicio Postal de EE.UU., por medio de la United Parcel Services (UPS), entregó el telegrama. El asunto de la tardanza fue que se había perdido y entregado a la persona equivocada en Canadá. La Siguanaba dijo: "La UPS ya no sirve como antes. Un burro podía ser más rápido sin equivocarse de camino."

El Cadejo y la Siguanaba estaban nerviosos. Era un enorme sobre sellado con cera de vela. Una vez que lo abrieron, estaba escrito en un jodido latín. El Cadejo exclamó airado: "¡No mamen, gueyes!, ¿qué dice esta mierda?"y la Siguanaba rápidamente usó Google Translate del latín al español. La breve carta decía:

El Vaticano la felicita por ser aceptada como candidata para convertirse en papisa; su nominación pasará por varios comités y será revisada bien a fondo. Una vez que se tome una decisión, si se le acepta, expulsaremos la fumarada blanca del Vaticano para que, en Italia, en toda Europa y en el mundo entero, al oler y ver el humo, sepan que ya usted ha sido convertida en papisa, y firmaba el Papa.

El Cadejo sabía que tenían que acelerar la gira mundial de la Siguanaba y que tenía que ser más grande que las giras mundiales de Led Zeppelin y Queen, pero con un estado y grandeza similares. El Cadejo tuvo que reservar para la Siguanaba los mayores lugares deportivos y también los coliseos.

En su gira recorrería México, Brasil, Colombia, Argentina, Guatemala, Honduras, Belice, Egipto, Filipinas, China y muchos otros países, pero planeaba terminar en Italia, ya que el Vaticano se encuentra allí. Ella tenía que desarrollar un programa que fuera fascinante en el aspecto visual, y, por otra parte, el contenido estaría lleno de mensajes religiosos y edificantes. Quería que la audiencia tuviera imágenes, audio y que pudiera oler y saborear la esperanza en el aire.

Incluyó a Enya para que se sintiera una música celestial y asimismo le pidió a Andrea Bocelli que cantara el "Ave María." Hizo que el Cadejo contratara a Steven Spielberg para desarrollar un video de ella de 15 minutos, enviando un mensaje de esperanza poderoso y visualmente agradable, similar a los comerciales de Ronald Reagan cuando su campaña presidencial de 1980.

La Siguanaba quería que el olor a pupusas estuviera en todas partes, por eso pidió que las damas pupuseras se unieran a ella en su gira mundial. Ella quería presentar las pupusas en todos los países. Su arma secreta era *el loroco*, que harían que la gente se enamorara de la Siguanaba. A través de sus caminatas por los campos, descubrió que el loroco era un afrodisíaco que tenía poderes mágicos para inculcar un gran sentido sexual.

Había hecho que miles de hombres se enamoraran de ella cuando probaban y comían su pupusa de loroco. Por la efectividad de esta planta y su fruto, colocaría el loroco en su ropa interior. A veces lo usaba para cubrir su vagina y otras veces simplemente lo untaba en su enorme trasero. Los hombres, al pasar la lengua sobre el loroco, se enloquecían, y entonces querían comer su pupusa con loroco. El loroco mágico era realmente poderosa y ella tenía la intención de dar una pupusa de loroco gratuita a cada persona que asistiera a la Siguanaba World Tour. El ingrediente secreto de loroco también haría que las mujeres sintieran el amor por ella fuertemente con deseos sexuales. Las mujeres, que creían que eran heterosexuales, se decían unas a otra: "No sé qué tiene esa Siguanaba, pero ese olorcito de loroco me está volviendo loquita por esas nalgotas." Las líneas de una orientación sexual se volvían borrosas, ya que la Siguanaba atraía tanto a hombres como a mujeres.

Ella decidió abrir así la gira mundial cantando la canción "Time" por Culture Club. Esto haría que la multitud se arrebatara y fuera feliz. Y, por supuesto, terminaba la gira haciendo una sincronización de labios del "Careless Whisper," de George Michael. Ahora esa canción con olor a loroco con pupusas cerraba el trato para hacer que el cantante la apoyara. Pidió a su personal que tuvieran listos los *iPads* y los teléfonos inteligentes para obtener el nombre, el apellido, la dirección y el correo electrónico de cada persona. Incluiría esos correos en su lista de *address book* de *ConstantContact*, que alcanzaba números inimaginables: más de cien millones de miembros de correo electrónico. Qué mejor manera que a través de este medio para que la Siguanaba se comunicara directamente con sus seguidores. Además, al registrarse en su lista de correo electrónico, acordaban apoyar automáticamente sus esfuerzos para que ella se convirtiese en la primera mujer papisa. También acordaban recibir videos de la Siguanaba compartiendo su lucha diaria, sacrificios y logros diarios.

Pensó que la mayoría de las redes sociales eran inútiles, ya que a la gente simplemente le gustaba presumir y no hablar de sus propios desafíos en la vida. Simplemente querían ser aceptados, admirados y amados. La Siguanaba decidió que se convertiría en un símbolo de esperanza y fortaleza. Similar a Lady Gaga.

En realidad, decidió pedirle a Lady Gaga que se uniera a ella en futuras actuaciones durante su gira mundial. La Gaga era una pareja perfecta, puesto que ella era italoamericana y podían hacer un dueto para cantar "Bad Romance."

Mientras viajaba a Corea del Sur, le pidió a BTS que se uniera a ella también. Se corrió la voz como la pólvora de que la Siguanaba era el más grande de los negocios.

La comunidad coreana la amaba, puesto que adoraba la carne coreana de barbacoa. La opinión pública se estaba volviendo masivamente a su favor, para que se convirtiera en la primera mujer papisa.

El papa Chastity y su comité de selección estaban un poco preocupados, pues nunca pensaron en que la Siguanaba lograría ganar más de 2,000 millones de partidarios. El papa Chastity le dijo al comité: "Esto es algo impresionante, creo que tendremos que elegirla para que sea la segunda mujer papisa. ¡Esto será algo histórico e insólito!".

Pope Chastity fue astuto y no tuvo más remedio que estar de acuerdo con el hecho incontestable de que la Siguanaba fuera una verdadera contendiente. Por fin, el Papa estaba comenzando a aceptar el hecho de que las mujeres son iguales a los hombres y que también se les debería permitir ser sacerdotes. Aún más, la Siguanaba también quería que se permitiera a los sacerdotes casarse. Y el Papa estaba enfermo y cansado de los sacerdotes pedófilos. Pensó que se les debería permitir casarse con una mujer o un hombre. El Papa pensó que sería bueno que la Siguanaba imitara las leyes estadounidenses, esas que permiten a los hombres casarse con hombres. En realidad, este papa era un puto armario revolucionario y descocado, y hasta podía ser un radical.

La Siguanaba pronto devino un nombre familiar en la mayoría de los países predominantemente católicos. La gira mundial fue un éxito rotundo. Sus tres mayores resultados fueron en México, Filipinas, e Italia. Tres países extremadamente procatólicos. Durante la gira de la Siguanaba en Argentina, Diego Maradona decidió hacerle una visita sorpresa para expresar su apoyo incondicional a la Siguanaba. Le dio una pelota de fútbol firmada y se atrevió a ahogar su cara de manera profunda en el pecho voluptuoso, sedoso y con olor a vainilla y nances de la Siguanaba. Y él le susurró: "Me recuerdas a mi madre querida." En un arranque de ego irracional, la Siguanaba invitó a Maná, al Tri, Jaguares y a Luis Miguel a cantar en la gira mundial. Todos la apoyaban y Luis Miguel se enamoró de ella, ya que a él también le recordó a su madre. La Siguanaba puso loroco en la boquita de Luis Miguel y le dijo: "Corazoncito, cómaselo todo." Su pecho era tan reconfortante para el cantante, que para colmo llevaba el mismo perfume de Nance que usaba su madre. El perfume Nance se vendía mucho en Nordstrom, Bloomingdales y en otras grandes tiendas minoristas. La gente estaba locamente enamorada del olor exquisito y dulce de ese perfume. Para más, agregaron un color amarillo que hacía de aquella esencia que fuera aún más atractiva a la vista, además del olor. Luis Miguel decidió dedicar la canción de la "Incondicional" a la Siguanaba. Para cerrar el concierto en el Distrito Federal, este cantante mimado de México le dio una rosa amarilla a la Siguanaba y la multitud terminó por enloquecer. Llevaba un traje amarillo combinando con los colores banana y nance. Joder, incluso usaba ropa interior amarilla, ya que sentía que le traería buena suerte a él y a la Siguanaba. Pidió a los millones de asistentes al evento que la apoyaran, y que enviaran mensajes de Instagram y correos electrónicos al Papa, instándolo a ayudar a seleccionar a la Siguanaba. El Papa envió un mensaje a la extraordinaria mujer en el que le pedía que obtuviera cartas de referencia, recomendándola, por parte de varios sacerdotes y arzobispos. Él le dijo que "lo mantuviera en secreto." Le pidió al Cadejo que preparara un formulario con una carta para cada iglesia católica en todo el mundo. Ella le propuso al Cadejo que incluyera un regalo como pulpita de tamarindo y una pupusa de loroco gratis, todo eso se entregaría a través de los servicios de UPS o DHL. Pensó que, si comían la pupusa de loroco, desarrollarían un sexto sentido para apoyarla.

Una vez que los sacerdotes y arzobispos vieron que podían obtener una pulpita gratis con una pupusa, inmediatamente firmaron, escanearon, capturaron la pantalla y enviaron una carta de apoyo. Algunas iglesias de países en desarrollo solo tenían faxes, por lo que enviaron por fax las cartas de apoyo firmadas.

En uno o dos días, el Cadejo y la Siguanaba recibieron miles de cartas de apoyo. El Cadejo le anunció a ella: "Terminé mi trabajo, soy libre," y la Siguanaba le contestó: "Pequeña perra, no has terminado hasta que yo diga que has terminado. ¡Yo soy la jefa, hijo de la gran puta, colonizador!" Con cara de póquer, y mientras se alejaba, soltó la canción de "Poker Face," de Lady Gaga, en su altavoz portátil que había comprado a través de eBay.

El Cadejo quería asesinarla y devorarla, pero la necesitaba. El interés que sentía el propio hijo de puta anuló su ira. Su propio interés por la Siguanaba era que él tuviera acceso al oro que se guardaba en las bóvedas del Vaticano. El total de toneladas de oro fue enorme, porque resultaba ser el oro robado de América Latina y enviado en barco al Vaticano.

La cantidad de oro era fascinante. Toneladas sobre toneladas de oro en túneles subterráneos y bóvedas que tenían una milla de profundidad. Parte del oro se mantuvo en su estructura y forma original, y algunos incluso tenían sangre de los trabajadores esclavos indígenas aztecas, mayas e incas.

La Iglesia católica fue definitivamente el mayor terrateniente del mundo y también el mayor propietario de oro.

Al Cadejo le encantaba cantar karaoke en privado.

Sintió que podría haber sido más grande que Frank Sinatra y Elvis Presley. Le encantaba cantar la canción de Spandau Ballet, titulada "True." Le gustaba cómo el cantante principal se vestía todo de blanco. De vez en cuando, el Cadejo iba a los bares locales de karaoke para cantar y mezclarse con la multitud. Podía asumir el cuerpo y la cara de cualquiera. Una noche, decidió asumir la apariencia de Tony Hadley. Ese hijo de puta fue un éxito en el club nocturno Los Globos, ubicado en Sunset Blvd. La gente estaba asombrada de que Tony Hadley decidiera visitar Los Globos.

El pinche Cadejo cantó "True" e incluso sonaba 100% como Tony Hadley. El hijo de puta hizo que las mujeres se arrebataran por él. Bailó y se enamoró de todas las mujeres del club, mientras hacía el papel de Hadley; hipnotizó a muchas y generalmente elegía a una para llevársela a un motel barato y joder toda la noche. Después le venía mucha hambre. Pero resultaba ser tan vago que no quería levantarse y caminar hacia McDonalds. ¿Y qué hacía entonces el muy cabrón, hijo de puta? Pues, simplemente, decidía comerse a sus víctimas.

Se corrió la voz de que un caballero con un traje blanco cantaría en varios clubes de karaoke y clubes de baile en Los Ángeles, y que muchas mujeres simplemente iban a desaparecer. La Siguanaba leyó sobre sus travesuras en los periódicos locales, como *La Opinión y Los Angeles Times en Español,* y se enfureció. Ella le envió un mensaje de texto para verle lo antes posible. Una vez que el Cadejo llegó, ella le requirió: "¡Mira hijo de la gran ramera, deja de andar hartándote de las cipotas de los clubes!" "¡Si seguís diciéndome esas babosadas, te voy a mandar a la mierda!," le reprochó él.

El Papa y su comité de selección quedaron realmente impresionados con miles de cartas de apoyo de varios sacerdotes, monjas y arzobispos de todo el mundo. El Papa expuso al comité: "Esta señora sí que es popular. Tendremos que tomar una decisión pronto." Los miembros del comité dijeron que tenemos que crear otro comité de contratación. Y el Papa les respondió: "¡Qué demonios!, ¿otro jodido comité? ¡Vamos, doce hombres ya sirven en el comité de contratación y tenemos que tomar una decisión esta noche!" También preguntó si habían hecho una búsqueda exhaustiva de antecedentes de la Siguanaba.

El comité le dijo que estaba muy limpia ya que el IRS había aprobado completamente todas sus declaraciones de impuestos. Solo encontraron un cargo por conducir bajo la influencia de una droga (DUI), que fue desestimado, una demanda contra Howard Schultz desde que la Siguanaba afirmó que su imagen se había usado ilegalmente en la marca registrada de Starbucks. Howard perdió el caso. Pero, por otra parte, existía el rumor de que había ahogado a sus dos hijos.

El Papa, con esa última noticia quedó impactado, y ahora le añadió al comité: "Tenemos algo con lo que podemos chantajearla. ¡Qué bien!"

El Papa decidió comunicarse por Skype con la Siguanaba para discutir su "pequeño problema" (el de la mujer aspirante a papisa). El Papa estaba tranquilo, ya que se había bebido una botella de vino tinto de la década de 1418. Le encantaba el vino bien cuidado. Una vez que entró la llamada, él se vio con ella en la pantalla de la computadora, pero había olvidado esconder la botella y la Siguanaba se había empezado a reír a carcajadas, y le comentó: "Ya veo que tiene buen gusto, señor papá, digo Papa".

Su Eminencia se aclaró la garganta y decidió profundizar la voz:

Mira hermana Siguanaba, sé de tus dos hijos pequeños que ahogaste, debido a tu depresión posparto. Bueno, cortemos el caso y lleguemos a lo esencial. Y es que por ese asesinato que hiciste no puedes ser papisa.

La Siguanaba estaba sin palabras, no obstante, pronto recuperó su coraje, y respondió:

Mira, hijo de la Menos Virgen, no me chantajearás, pequeño gigante. Sí, ¡qué mierda!, ¿¡qué ahogué El Cipitío!? En definitiva, ni el Cipitío ni el Duende pueden morir, así que cállate, pinche pecador.

El Papa se enfureció y gritó:

¡Puedo hacerte apresar y romperte el alma! Si quieres que eso no pase, simplemente deposítame 5,000 millones de dólares en mis cuentas bancarias personales en Suiza y, de hecho, te nombramos, incluso, amiga y papisa del Vaticano.

La Siguanaba se puso pensativa y sintió lástima por su viejo trasero y ripostó:

Sí, pues, chico del Vaticano: hoy recibirás tus malditos 5,000 millones de dólares mediante una transferencia. Solo con una condición: tienes que firmar un contrato de 'cállate la boca', *¿capisci?*

Entonces el Papa respiro y asintió: "Sí, claro, hija mía. Es un pecado juzgar a los demás, por lo tanto, te perdono y te absuelvo, 'señorita' papisa"

# *CAPÍTULO 10*

La Siguanaba inmediatamente envió un mensaje de Instagram al Cadejo dándole órdenes directas: "Transfiera 5,000 millones de dólares a las cuentas bancarias privadas del Papa en Suiza y Dinamarca. Ahora mismo, pequeña perra, y no hagas ninguna pregunta".

Una vez recibido el dinero, el Papa estaba listo para hacer público el anuncio. Sin embargo, hizo una última petición a la Siguanaba, más que una petición, una exigencia, y era que él (el Papa) necesitaba recibir una carta de recomendación sobre ella por parte del presidente Donald Trump. La Siguanaba le dijo al Papa: "No hay problema, pinche matrero." Y le envió enseguida un mensaje de texto a Trump para que este le pasara inmediatamente una carta de recomendación con el propósito de que ella se convirtiera en la próxima papisa, o si no revelaría las grabaciones sexuales que tenía de él (de Trump) al mundo, así como sus conversaciones privadas con el presidente de Ucrania y el presidente ruso Putín. Ella tenia video de Trump pisando con prostitutas rusas en un hotel de Moscow. Ella, además, le envio un text message a Trump para motivarlo y obtener su apoyo "¿Recuerdas cuando me violaste el día que me sorprendiste con Melania? Bueno, lo tengo en cinta bien grabadito, ¿eh?"

De inmediato, Trump envió una carta de recomendación en PDF como archivo adjunto a través de *Gmail*. Y, con ello, envió un texto final que comentaba: "La Siguanaba es más santa que una virgen."

Una vez que el Papa recibió la carta de recomendación de Donald Trump, les pidió a los doce miembros del comité que votaran y que la respuesta fuese unánime. Todos votaron que sí, por supuesto, ya que el Papa había mencionado que daría a cada uno un regalo adicional de 10 millones de dólares por sus servicios profesionales de consultoría y contratación. A la mañana siguiente, comenzó a verse el humo blanco en todo el Vaticano. Incluso, el humo tenia un tinte verdecito por la inclusión de cannabis. Las masas sabían que se había tomado una decisión desde que se estaba quemando cannabis para indicar que había un nuevo papa (aun cuando la gente todavía no sabía que era una papisa). El olor a hierba del humo era masivo y todos estaban tranquilos y hambrientos, ya que el olor a marihuana hace que las personas se les destape mucha hambre. Todos en el Vaticano e Italia estaban tomando café y comiendo helado *(spumone)*, y al ver el humo blanco empezaron a aplaudir. Incluso, la mafia italiana ya había comenzado a celebrar, al tiempo que comían pupusas con loroco y bebían un buen vino.

Esa misma mañana, el cielo era magnífico. Miles de periodistas y medios de comunicación de todo el mundo se encontraban en el Vaticano. Jorge Ramos obtendría la exclusiva para UNIVISION y entrevistaría a la Siguanaba en vivo, justo después del gran anuncio del Papa.

Fue una escena majestuosa. Millones y millones de fieles católicos comenzaron a aglomerarse fuera de la Basílica Papale di San Pietro. El comité organizador había hecho un trabajo excelente. La seguridad era estricta, ya que Donald Trump también asistiría y a muchos jefes de estado no les caía especialmente bien porque seguía usando las palabras "fabuloso", "fantástico", "lindo y bueno para ti."

Los otros jefes de estado, reinas y reyes sabían que

Trump era un simplón jactancioso, que buscaba atraer toda la atención de los medios para sí mismo. Trump realmente tuvo la ocurrencia de llamar al Papa para preguntarle si podía pararse junto a él en el instante en que hiciera el anuncio principal y la presentación de la nueva papisa. Pero el Pontífice fue diplomático y le dijo a Trump por teléfono: "Hijo mío, eso no es posible." Trump se puso furioso, pero pensó que aún asistiría, porque quería comer algo de *spumone* (aquel delicioso helado italiano, de diferentes colores y sabores, con frutas confitas y nueces) gratis y la ocasión ofrecería una buena oportunidad para reunirse con las principales familias criminales italianas y, de hecho, llegar a acuerdos lucrativos para la familia Trump. Quería que las bandas irlandesas, escocesas e italianas trabajaran juntas.

El Papa salió al balcón; millones de personas rugieron de alegría. El Papa estaba vestido magníficamente elegante. Saludó a la multitud y habló durante cinco minutos en latín. Finalmente llegó al punto y anunció: Este es el momento que ustedes han estado esperando toda la vida. Permítanme presentarles a nuestra nueva Pontífice, la **PAPISA SIGUANABA...**"

Miles de personas se desmayaron una vez que escucharon la noticia. No podían creer lo que acababan de oír y ver. La Siguanaba salió al balcón con una llama brillante de estrella y un ajustado vestido rojo de seda con rayas doradas. Por supuesto, se puso una bata encima para cubrir su voluptuosa y magnífica figura.

# CAPÍTULO 11

Ella se veía maravillosa. Para abrir su discurso, tocaron la canción "The Lady in Red," de Chris De Burgh. La multitud cantaba, todos juntos como un magno coro mundial, y el Papa comenzó a llorar. La canción le recordó a la novia que dejó en algún lugar del mundo. Una vez que la canción terminó, la Siguanaba comenzó su discurso.

La multitud estaba hipnotizada. Su voz hechizó a la muchedumbre y hasta a los gays y lesbianas. Su belleza creó jadeos en todos los presentes.

Decidió dar su discurso solo en español, mientras que muchos intérpretes traducían al italiano, árabe, francés armenio e inglés y otros idiomas. Ella lo pudo haber hecho en cualquiera de esos lenguajes al mismo tiempo y de una manera telepática, pero no quiso asustar a la gente con sus poderes, porque así podrían pensar que, al tener ella el don de lenguas y la telepatía, eso podía ser cosa del diablo. No obstante, darlo solo en español era reivindicar esta lengua que tanto amaba y, asimismo, demostrar que podía hacer y decir lo que le diera la gana. Y, además, era tan audaz que decidió usar una estrella de David como collar y enviar un mensaje de tolerancia y unidad a los cristianos, judíos y musulmanes.

Invocó los espíritus de la Madre Teresa, san Oscar Romero y Gandhi, y dedicó su discurso a María Magdalena. En ese momento anunció que su primera orden ejecutiva sería la de nominarla santa. En realidad, ella no estaba jugando.

En su discurso, sorprendió al mundo al afirmar que la Iglesia católica subastaría la mitad de su riqueza acumulada en obras de arte. El dinero recaudado a través de la subasta se usaría para construir más iglesias y escuelas en todo el mundo que enseñarían tolerancia, respeto, amor y justicia social. Las multitudes rugieron en aprobación.

Ella dijo: "¿Yo soy la Papisa del Pueblo, y que...?"

Una vez que terminó su discurso, Jorge Ramos estaba esperando para entrevistarla a través de las cámaras en vivo de UNIVISION y la primera pregunta que le hizo fue: "¿Cómo te sientes al ser la primera mujer elegida papisa de la Iglesia católica?" La Siguanaba respondió:

Es un honor y haré cambios revolucionarios radicales que ahora permitirán que las mujeres se conviertan en sacerdotes. Permitiré que los sacerdotes varones se casen con mujeres u otros hombres si así lo desean. ¿Y por qué no?

Jorge Ramos le hizo la segunda pregunta: "¿Piensa usted que la puedan asesinar?"y la Siguanaba expresó con énfasis: "¡Me vale verga!" Jorge Ramos estalló en carcajadas, y comentó ante las cámaras: "¡Orale!, ese es mi tipo de papa. Es una chingona." Se unieron y rompieron una botella de tequila para celebrar.

El Cadejo estaba lívido. Quería todo el oro para sí mismo. Pero la Siguanaba era más astuta que ese imbécil.

Ella ya había obtenido el manual de exorcismo del Papa que había estado guardado en bóvedas secretas durante siglos. De ahí había sacado la receta de una poción bien maravillosa que incluía ingredientes, que debían cultivarse e importarse desde El Salvador. Las frutas para llevar a cabo el exorcismo eran variadas y de Centroamérica y las incluyó en un ponche que sabía a néctar divino.

Los polvos secretos, que también añadió, fueron polvo de huiste y orina de ella misma. En pocas palabras, tuvo que hacer una sopa de calzón (a través de un ponche) que contenía estos diferentes  ingredientes. Compró la ropa interior en la venta cerrada de Victoria's Secrets. La poción sacaría a los espíritus malignos del Cadejo y lo haría un ser mortal, impotente y medio baboso. De manera que sería conocido como el Gran Baboso y la gente comenzaría a referirse a él como "el *maitre* baboso."

Ella engañó al Cadejo invitándolo a una cena privada en el Vaticano prometiéndole que le entregaría la mitad del oro.    El Cadejo decidió vestirse como Cristóbal Colón. Quería señalar que estaba orgulloso de su influencia italiana y española. Pensó que comería una suculenta cena de lasaña y un poco de *spumone*. En cambio, la Siguanaba le ofreció salpicón, nuégados con chilate y un pinche ponche.

El Cadejo estaba enfermo y cansado de la comida salvi. Solo quería cocina italiana, árabe, y francesa. La Papisa dio la bienvenida al Cadejo como pudiera hacerse en una casa real. Su plan era al estilo de la Última Cena de Jesucristo, en la que ella hacía el papel de Judas. Tan pronto como entró el Cadejo, ella se abrazó a él y le dio dos besos. Enseguida le dijo: "Podemos hablar de negocios después de la cena, hijo mío." Este escenario le recordó cuando el arzobispo Romero fue asesinado por sus propios enemigos internos. Y la Papisa conocía a los verdaderos conspiradores y a los desmadrados asesinos, así como a los intelectuales que dieron las órdenes. Roberto d'Aubuisson Arrieta era solo un idiota que fue utilizado por los verdaderos tomadores de decisiones y líderes de los escuadrones de la muerte. La trama para echarle la culpa a d'Aubuisson funcionó perfectamente. Los verdaderos asesinos y el hombre gatillo continúan vagando libremente. De hecho, por ironía del destino, el hombre que le mató ahora cuenta con servicios médicos gratuitos en la Clínica Monseñor Romero en Los Ángeles, y ha recibido el Estado de Protección Temporal (TPS) atravez de El Rescate por una donación de $200. Ahora asiste a misa todos los domingos en la Placita Olvera, y ruega y reza por el perdón de san Romero.

En seguida que el Cadejo se sentó a comer, celebró el salpicón, los nuégados con chilate y se tomó el ponche. Tan pronto como terminó el ponche, comenzó a hablar en lenguas y un polvo espeso y negruzco salía prontamente de su boca: eran los espíritus malignos que habían invadido y tomado su cuerpo durante siglos. La Siguanaba estalló en una risa incontrolable y le dijo al Cadejo: "¡Ahora sí que te jodiste, hijo de la gran puta! Ahora soy la muy chingona del Papa, y estás reventado", sentenció la Siguanaba. Te tomaste ese boladito.

Acabas de beber el ponche que tiene una receta secreta para expulsar tus poderes demoníacos, sobrenaturales. Esos que ya se han ido y te han dejado sin poderes. Ahora asaré tu carne para hacer tacos y pupusas revueltas".

El Cadejo se sorprendió de que su magia y en conjunto sus poderes sobrenaturales, en el que se encontraba la inmortalidad, se hubieran ido. La Siguanaba llamó a la jefa de cocina del Vaticano, junto con sus guardaespaldas, y ordenó que se llevaran al Cadejo, para que le asesinaran, le desmembraran y le convirtieran en picadillo y carne para tacos y pupusas. El Cadejo lloró y lloró, y pidió perdón a la Siguanaba y, por supuesto, le recordó que tenían dos hijos juntos: el Cipitío y el Duende.

La Papisa y el Papa no pudieron ser convencidos del todo, pero siempre se apiadaron un tanto del Cadejo. Al menos, no le llegaron a matar. Por alguna razón, ella tuvo un poco de conmiseración, aun cuando expresó: "Ojo por ojo, diente por diente." Y entonces le sacó los colmillos de vampiro apendejado. Enseguida ordenó: "¡Llévense a este pedazo de mierda e ingrésenle en el hospital mental antes de que le cocinemos el culo!"

Ahora la papisa Siguanaba podía centrarse en comenzar su trabajo y desplegar sus habilidades de liderazgo como la nueva encargada de la Iglesia. Ella no estaba jodiendo, no. Si alguien se atrevía a cuestionar su autoridad, la Papisa simplemente recurriría a sus habilidades de gánster al estilo italiano diciendo: "¡Qué demonios: matenlo!"Y luego cualquiera se sentiría intimidado y retrocedería. Ella pudo haberse ido de su país de origen, haber dejado el Mercado y el ghetto, pero siempre mantenía sus credenciales de su pasado. Ella quería ser fiel a sus raíces, a pesar de que ahora era oficialmente la Papisa. *She wanted to keep it real. She was flexing her power and she was a true savage!*

Primero, impondría una nueva ley del talión: "Ojo por ojo, diente por diente,"ya que creía en el Antiguo Testamento. Ella ordenaría al servicio secreto del Vaticano cortar el pene de cualquier sacerdote pedófilo. Luego, aprobaría mandatos religiosos que también castigarían a los abusadores de los distritos escolares públicos y a los empleados de los Boy Scouts que abusaran de los niños y niñas *scouts*. Ella se convertiría en la Genghis Khan de los papas; aprobaría el mandato de hervir a los abusadores vivos. La Iglesia católica se sorprendería, pero no tenía más remedio que aceptar los nuevos mandatos de la Papisa.

La papisa Siguanaba se hizo muy cruel con los delincuentes. Ella llegó a decir: "A la mierda esa blandenguería bíblica sobre el perdón. ¿Perdonar a los criminales? ¡Oh, no, fuck that shit!" Entonces, las tasas de criminalidad en los países de mayoría católica se desplomaron. Los delincuentes y abusadores de mujeres y niños entraban en pánico, cuando escuchaban el nombre de la papisa Siguanaba. Se lamentaban: "Esa vieja te manda a cortar la verga, y si se enoja, te la cocina como a un cangrejo, en agua hirviendo." Finalmente, el mundo tenía una lideresa que no se veía como a un santo benevolente. No se ahueva!

La papisa Siguanaba quería ser percibida como una chingona, sin aspiraciones de ser canonizada y convertida en santa. También legalizó el matrimonio entre personas del mismo sexo, incluso entre el clero. Los sacerdotes y arzobispos tuvieron diarrea durante muchas semanas debido a sus decisiones. Otros estaban tan extasiados y felices que ya no tenían que ocultar su orientación sexual. Podían ser libres de expresar al mundo que eran hermosos homosexuales o bisexuales.

En tanto, el Cadejo, cuando menos lo esperaban, huyó de la prisión del Vaticano. El hijo de puta todavía era un genio cuando se trataba de complots y tácticas de escape. Regresó a El Salvador, a Izalco, para encontrar al brujo más viejo que él conocía y que una vez más podría mezclar una poción mágica que le devolvería sus poderes malvados. Queria la inmortalidad y seguir asumiendo diferentes formas corporales y animales, y una fuerza sobrenatural. La papisa Siguanaba estaba furiosa porque este engendro había logrado desaparecer de nuevo, pero ella pensó que ella se encontraba bien protegida por las fuerzas de seguridad, secretas, del Vaticano. Ahora, la Siguanaba papisa tuvo que reinar con hierro candente primero, y al mismo tiempo con la voluntad de compartir y difundir el amor en todos. Ella continuaría implementando las enseñanzas de Jesucristo, pero también sería una lideresa práctica para actuar sin contemplaciones.

Sus siguientes pasos en la vida fueron ver si podía

reconciliarse con sus dos hijos: el Cipitío y el Duende. Tendría que ser un milagro, pero estaba dispuesta a esperar que ocurriera y por eso lo iba a intentar.

Odiaba la palabra caridad porque creía en apoyar a los demás, pero con más fuerza, haciendo que los demás se ayudaran a sí mismos. El mensaje de la Papisa ahora incluía el autoempoderamiento. Estaba cansada de que la gente se quejara y se quejara. Ella quería que las personas cambiaran su mentalidad de víctima por la de cierta autosuficiencia. Así, comenzó a parecerse a la Madre Teresa de Calcuta.

Empezó a practicar el ejemplo de visitar a enfermos en los hospitales e incluso compartió el pan con personas que tenían enfermedades terminales. Ella quería darles esperanza y fuerza. Por eso también se ofreció como voluntaria en centros de rehabilitación de drogas y alcohol, con la intención, además, de evitarle el sida a muchos que todavía no tenían idea de cómo cuidarse. De hecho, prometió ayuda para la financiación de tratamientos y hospitalizaciones. A su vez, era consciente de las tantas organizaciones sin fines de lucro creadas para ayudar a los adictos y a las personas sin hogar. Por otra parte, hizo que los sueldos gordos de los gatos gordos pagaran por el sufrimiento de los pobres. Ella quería ayudarles (a los pobres), fundamentalmente a los que no tenían salarios. Ella decía: "Se han asignado e invertido miles de millones de dólares para reducir la adicción a las drogas y al alcohol, para bloquear las afiliaciones a las pandillas, resolver la falta de vivienda, pero, en realidad, ¿ese dinero ha servido para disminuir o eliminar estos problemas?, pues no; entonces, ¿quién está recibiendo el dinero de todos modos? Los pinches administradores que se quedan por vida!

Poco a poco, la papisa Siguanaba comenzó a asumir

el trabajo y el papel de la justicia social que habían estado haciendo la princesa Diana y Dolores Huerta. A la gente le dio por referirse a ella como la Papisa del Pueblo. Y esta nueva figura católica quería ahora usar la riqueza y la influencia de la Iglesia para hacer el bien. Ella quería llevar a esta institución religiosa a sus raíces originales, que era, definitivamente, el hecho de dar una real ayuda a los pobres.

Estimulada por todo lo que ya estaba haciendo, y podía hacer, pronunció un importante discurso en el Vaticano, y admitió las atrocidades de la colonización y construcción de misiones de la Iglesia Católica en América del Norte y del Sur. Aceptó que las poblaciones indígenas fueron saqueadas, y que la Iglesia hizo poco por defenderlas, y que sus raíces culturales, su idioma y sus tradiciones fueron discriminadas y hasta bloqueadas.

La Papisa reconoció las injusticias y se disculpó. El mundo estaba asombrado de su belleza natural, de su inteligencia y sinceridad. Ella no pensaba ni actuaba como el Papa que todos habían conocido. Ella era la Papisa del Pueblo.

Ya la Siguanaba tenía todo lo que se había propuesto en la vida, excepto el amor de sus dos hijos. Y esa culpa la torturaba, pero iba a hacer todo lo posible para reencontrar la confianza de ellos y buscar que la reconocieran. Quería que más personas conocieran sobre la depresión posparto para que se entendiera mejor por qué cometió aquel supuesto delito. Incluso contrató a la modelo Christy Turlington para hacer un anuncio de servicio público, que describe las luchas de las mujeres cuando dan a luz, y con ello arrojar más luz sobre el tema de la depresión posparto. Ella y Christy se aliaron felizmente y se hicieron amigas naturales.

También le pidió a Elton John que escribiera y firmara

una canción sobre estos temas, creando duetos con Adele, Lady Gaga, Cardi B., y Rosalia. La canción que creó Elton John fue mejor y más emotiva que "Candle in the Wind." Todas las ganancias obtenidas de la nueva canción fueron donadas a The Postpartum Depression Awareness, asociación sin fines de lucro. En otro sentido, a Elton John se le ocurrió una gran y beneficiosa trama que susurró al oído de la Papisa. Eso fue, simplemente, una excelente idea:

¿Por qué no creas un concierto, con un invitado especial, la Electric Light Orchestra, y en ese evento pueden cantar la publicidad de la línea telefónica con una dedicatoria exclusiva al Cipitío y al Duende? Invitaré a los dos y puedes venir a reencontrarte con ellos en mi *suite* especial y privada.

La Papisa quedó asombrada. De hecho, respondió con una sola palabra: "Perfecto.".Y pronunció la palabra de una manera rotunda. Le había encantado la propuesta. De modo que el concierto tendría lugar en el estadio de Wembley, en Londres, Inglaterra. Elton John se aseguró de que este fuera un concierto magnífico, que no solo honrara a la Papisa, sino que además sirviera para reconciliarla a ella con el Cipitío y el Duende.

El sistema de iluminación y sonido fue increíble. La Electric Light Orchestra estaba realmente emocionada de tocar para la papisa Siguanaba. Resulto ser un honor para ellos. Ella se sentó en un balcón reservado para ver y escuchar el concierto. Una vez que terminara, Elton John buscaría la manera de que el Cipitío y el Duende se reencontraran con su madre. Al parecer, ambos no tenían idea de que el propósito del concierto era reunirlos y que la papisa Siguanaba fuera a hacer dos anuncios importantes: crearía dos decretos ejecutivos inmediatos. Uno que permitiría a los sacerdotes casarse, y el segundo, que se podría traducir como una bomba: ¡legalizar el aborto! La Papisa estaba consciente de que esto produciría una división dentro de la Iglesia católica, y que se realizarían esfuerzos para retirarla, para deshacerse de ella. Pero aquello le importaba una mierda. Ella quería que las mujeres decidieran por sí mismas qué hacer con sus cuerpos. Entonces, pronunció un discurso atronador y la multitud quedó embobada por su belleza, por su inteligencia y anuncios impactantes. Todo el mundo sostuvo el aliento cuando declaró que haría legal el aborto, y entonces fue que vino a concluir con una frase espeluznante, una frase que retaba a Mazantín el Torero y al mismísimo Médico Chino. El caso es que, sin saber por qué razón, se acordo de los cubanos, del sufrido pueblo cubano y empezo a cantar *Guantanamera*.

El Cipitío y el Duende realmente disfrutaron del concierto y estaban tan fascinados por los impactantes anuncios de la Papisa, que en realidad ambos estuvieron de acuerdo en que la Iglesia necesitaba cambiar y que, en última instancia, tenía que aceptar el aborto. Una vez que acabaron los discursos y la impecable audición, Elton John les dijo: "Tengo una sorpresa especial para los dos..." El Cipitío y el Duende sonrieron.

# CAPÍTULO 12

Cuando entraron en la magnífica *suite* VIP, la papisa Siguanaba se levantó y el Cipitío y el Duende se sorprendieron al ver a su madre vestida como la Papisa, en todo su esplendor. No tenían entendido que iban a verla en persona y en privado. La madre rompió el hielo al saludar:

Hola, hijitos; aquí está su madre, y les pido disculpas por lo que hice con ustedes hace mucho tiempo. Especialmente, le pido perdón a Ud., Cipitío, porque cuando nació no lo quise por ser un negrito panzón, y por tener los pies al revés. Aquí le tengo unos guineos majonchitos para su estomaguito.

El Cipitío y el Duente se habían enojado, pero Elton John les dio otra sorpresa, cuando comenzó a cantar "Candle in the Wind." Esa canción se la estaba dedicando a la papisa Siguanaba, al Cipitío y al Duende. Estos dos últimos engendros se entusiasmaron tanto que comenzaron a cantar junto con Elton John. De repente, un milagro empezó a ocurrir con aquella canción. De inmediato, la papisa Siguanaba les pidió perdón a sus hijos, y les habló con la mayor sinceridad que pudo. Ella les confesó su culpa y reconoció que no había sido una buena madre:

Hijos míos, les pido perdón, por lo que más quieran. Sé que lo que hice no tiene excusa, que estuvo muy mal hecho, pero en aquellos momentos estuve pasando por una depresión posparto muy fuerte. Les ruego que se apiaden de mi arrepentimiento.

El Cipitío le respondió:

Oh, sí, desde que la vi a usted con Christy Turlington fui entendiendo mejor lo que había pasado. Usted no es tan mala como se ha dicho, y creo que los tres nos hacemos falta. No se preocupe más, madre, todo estará bien, a partir de ahora.

Por su parte, el Duende intervino y añadió: "Sí, ahora nos damos cuenta de lo que le había sucedido, papisa Siguanaba, mejor dicho, mamá Siguanaba."

En esos instantes, aquella mujer, aparentemente endurecida por los estragos de su vida, rompió a llorar de alegría. No podía creer que sus hijos la hubieran perdonado. Sus oraciones, finalmente, se hicieron realidad. Ahora, ella podía estar en paz y la culpa y la vergüenza ya no la agobiarían más. Pidió entonces a los ingenieros de sonido del concierto que pusieran el disco "No debes jugar," de Selena. Y volvió a transformarse al adquirir un aire de petulancia mezclado con una especie de tristeza placentera: "Yo soy la Papisa, pero esto no quiere decir que no pueda sentir a Selena."

También solicitó que los mejores éxitos de Cucoy Sin Color se tocaran para sus dos hijos. El DJ lanzó enseguida la canción "Bossa no sé" y ¡El Cipitío y el Duende adoraron ese gesto! Una vez que se tocaron las canciones "Lo que siento" y "Drown," de Cuco y Clairo, les vino a sus mentes una especie de supersensibilidad. Los ingenieros de sonido también decidieron poner "Careless Whisper," de George Michael, para honrar la memoria del cantautor y también incluyeron Morrissey's "First of the gang to die."

Con la canción de *Careless Whisper*, La Siguanaba, el Cipitío, el Duende y Elton John cantaron la canción juntos y lloraron mientras se abrazaban y besaban durante toda la canción, sin soltarse:

*I'm never gonna dance again*
*Guilty feet have not no rhythm*
*Though it's easy to pretend*
*I know you're not a fool*
*Should've known better tan to cheat a friend*
*And waste the chance that I'd been given*
*So I'm never gonna dance again*
*The way I danced with you*
*Nunca más volveré a bailar,*
*lo pies culpables, no siguen el ritmo,*
*sin embargo, es fácil fingir.*
*Sé que no eres una tonta.*
*debería de haberlo hecho mejor,*
*mejor que engañar a una amiga,*
*y malgastar una oportunidad que se me había dado.*
*Así que nunca volveré a bailar,*
*a bailar como bailé contigo.*

Por su parte, el Cadejo había volado y escondido dentro de los volcanes de El Salvador. Aun cuando volvía a tener inmortalidad y semi fuerza sobrenatural, le temía a la Siguanaba y también estaba avergonzado por su derrota ante ella. Por eso quiso esconderse un tiempo y sufrir una especie de exilio o de cuarentena, para recuperar su psicología de demonio. De modo que cazaría garrobos con una hondilla y los cocinaría con las iguanas en agua hirviendo. El baboso, también se pasaba hartando los huevos de tortugas. Por otro lado, El Cadejo quería superar su vergüenza por la disfunción eréctil que hubo de sufrir, mientras estuvo preso en el Vaticano. Y empezó a tomar sopa de garrobo para que la palomita no se le bajara por un buen tiempo. Así estuvo caminando por las laderas de los volcanes y hasta —durante unos días— voló a la inmensidad del firmamento con su palomita parada.

Las únicas posesiones que tenía eran una vieja cinta y un reproductor de batería, con radio, de la década de 1980, con el que solo escuchaba música, y asimismo otro reproductor de CD. Con este último se podía poner sentimental, cuando escuchaba y sentía la canción "Culpable," de Luis Miguel. Luego decidía darse un pase de heroína, mientras oía los mejores acordes de Intocable y de Bronco. Su mente le llevaba al pasado, porque a pesar de que volvía a ser un solitario y poderoso demonio, el llanto no le dejaba dormir cuando tocaban "Tú eres mi droga" y "Enséñame a olvidar," ambas canciones de Intocable. El había amado mucho a la Siguanaba —se decía— y ahora quería olvidarse de ella, del Cipitío y del Duende.

Luego entró en sus oídos la canción de "Oro," de Bronco, y lloró incluso más de dolor. Tenía que admitir que extrañaba a los tres. En su consternación, dedicó la canción "Oro" a la Papisa como adiós. Y lloró más, y más, y comenzó a cantar con extrema tristeza junto a la voz de Guadalupe Esparza:

*Nunca oí consejos y me enamoré*
*Yo al ras del suelo*
*Y tú siempre volando tan alto, tan alto*
*Te gusta el dinero y la comodidad*
*Por eso me dejas muy triste*
*Y herido de muerte, que suerte*
*Oro*
*Tú me has cambiado por oro*
*Te has olvidado de lo sentimental*
*Por un puñado de metal*
*Oro*
*El amarillo del oro*

*Te gustó más de lo que yo te ofrecí*
*Y ahora tú te vas de mí*
*Oro*
*El oro cambió tu amor*
*Yo te regalé una luna sin miel*
*Una cama blanda y*
*Una almohada repleta de sueños*
*Pequeños*
*Tal vez no bastó con lo que tengo aquí*
*Y tu amor se fue por el hoyo*
*Que hay en mis bolsillos, vacíos…*